雅典文化

終極

日文單字

1000

非學不可的
□□□個日文單字

＋MP3
附50音發音表

嚴選最常用的日文單字
襄您的日語實力立即升級!!

雅典日研所/企編

50音基本發音表

清音 • track 002

a ㄚ	i ㄧ	u ㄨ	e ㄝ	o ㄡ
あ ア	い イ	う ウ	え エ	お オ
ka ㄎㄚ	ki ㄎㄧ	ku ㄎㄨ	ke ㄎㄝ	ko ㄎㄡ
か カ	き キ	く ク	け ケ	こ コ
sa ㄙㄚ	shi ㄒ	su ㄙ	se ㄙㄝ	so ㄙㄡ
さ サ	し シ	す ス	せ セ	そ ソ
ta ㄊㄚ	chi ㄑㄧ	tsu ㄘ	te ㄊㄝ	to ㄊㄡ
た タ	ち チ	つ ツ	て テ	と ト
na ㄋㄚ	ni ㄋㄧ	nu ㄋㄨ	ne ㄋㄝ	no ㄋㄡ
な ナ	に ニ	ぬ ヌ	ね ネ	の ノ
ha ㄏㄚ	hi ㄏㄧ	fu ㄈㄨ	he ㄏㄝ	ho ㄏㄡ
は ハ	ひ ヒ	ふ フ	へ ヘ	ほ ホ
ma ㄇㄚ	mi ㄇㄧ	mu ㄇㄨ	me ㄇㄝ	mo ㄇㄡ
ま マ	み ミ	む ム	め メ	も モ
ya ㄧㄚ		yu ㄧㄩ		yo ㄧㄡ
や ヤ		ゆ ユ		よ ヨ
ra ㄌㄚ	ri ㄌㄧ	ru ㄌㄨ	re ㄌㄝ	ro ㄌㄡ
ら ラ	り リ	る ル	れ レ	ろ ロ
wa ㄨㄚ		o ㄡ		n ㄣ
わ ワ		を ヲ		ん ン

濁音 • track 003

ga ㄍㄚ	gi ㄍㄧ	gu ㄍㄨ	ge ㄍㄝ	go ㄍㄡ
が ガ	ぎ ギ	ぐ グ	げ ゲ	ご ゴ
za ㄗㄚ	ji ㄐㄧ	zu ㄗ	ze ㄗㄝ	zo ㄗㄡ
ざ ザ	じ ジ	ず ズ	ぜ ゼ	ぞ ゾ
da ㄉㄚ	ji ㄐㄧ	zu ㄗ	de ㄉㄝ	do ㄉㄡ
だ ダ	ぢ ヂ	づ ヅ	で デ	ど ド
ba ㄅㄚ	bi ㄅㄧ	bu ㄅㄨ	be ㄅㄟ	bo ㄅㄡ
ば バ	び ビ	ぶ ブ	べ ベ	ぼ ボ
pa ㄆㄚ	pi ㄆㄧ	pu ㄆㄨ	pe ㄆㄝ	po ㄆㄡ
ぱ パ	ぴ ピ	ぷ プ	ぺ ペ	ぽ ポ

拗音

kya ㄎ一ㄚ		kyu ㄎ一ㄩ		kyo ㄎ一ㄡ	
きゃ	キャ	きゅ	キュ	きょ	キョ
sha ㄒ一ㄚ		shu ㄒ一ㄩ		sho ㄒ一ㄡ	
しゃ	シャ	しゅ	シュ	しょ	ショ
cha ㄑ一ㄚ		chu ㄑ一ㄩ		cho ㄑ一ㄡ	
ちゃ	チャ	ちゅ	チュ	ちょ	チョ
nya ㄋ一ㄚ		nyu ㄋ一ㄩ		nyo ㄋ一ㄡ	
にゃ	ニャ	にゅ	ニュ	にょ	ニョ
hya ㄏ一ㄚ		hyu ㄏ一ㄩ		hyo ㄏ一ㄡ	
ひゃ	ヒャ	ひゅ	ヒュ	ひょ	ヒョ
mya ㄇ一ㄚ		myu ㄇ一ㄩ		myo ㄇ一ㄡ	
みゃ	ミャ	みゅ	ミュ	みょ	ミョ
rya ㄌ一ㄚ		ryu ㄌ一ㄩ		ryo ㄌ一ㄡ	
りゃ	リャ	りゅ	リュ	りょ	リョ

gya ㄍ一ㄚ		gyu ㄍ一ㄩ		gyo ㄍ一ㄡ	
ぎゃ	ギャ	ぎゅ	ギュ	ぎょ	ギョ
ja ㄐ一ㄚ		ju ㄐ一ㄩ		jo ㄐ一ㄡ	
じゃ	ジャ	じゅ	ジュ	じょ	ジョ
ja ㄐ一ㄚ		ju ㄐ一ㄩ		jo ㄐ一ㄡ	
ぢゃ	ヂャ	づゅ	ヂュ	ぢょ	ヂョ
bya ㄅ一ㄚ		byu ㄅ一ㄩ		byo ㄅ一ㄡ	
びゃ	ビャ	びゅ	ビュ	びょ	ビョ
pya ㄆ一ㄚ		pyu ㄆ一ㄩ		pyo ㄆ一ㄡ	
ぴゃ	ピャ	ぴゅ	ピュ	ぴょ	ピョ

• | 平假名 | 片假名 |

CHAPTER.03

金融郵政083

CHAPTER.04

旅遊103

彩妝保養155

飲食179

CHAPTER.09

職場 235

CHAPTER.10

校園259

CHAPTER.11

興趣 301

CHAPTER.12

國名地名 333

居家生活

CHAPTER.

01

いえ
家
i.e.

家、房子

アパート
a.pa.a.to.

公寓

マンション
ma.n.sho.n.

住宅大樓、較高級的公寓

いっこだ
一戸建て
i.kko.da.te.

房子

ビル
bi.ru.

大樓

ちょうこうそう
超高層マンション
cho.u.ko.u.so.u./ma.n.sho.n.

超高住宅

わしきけんちく
和式建築
wa.shi.ki.ke.n.chi.ku.

日式建築

かおく
家屋
ka.o.ku. 日室房子

ひらや
平屋
hi.ra.ya. 日室房子

にかいだ
二階建て
ni.ka.i.da.te. 二樓建築

しゃたく
社宅
sha.ta.ku. 公司宿舍

りょう
寮
ryo.u. 宿舍

しゅくしゃ
宿舎
shu.ku.sha. 宿舍

だんち
団地
da.n.chi. 社區

玄関
げんかん
ge.n.ka.n.

玄關

リビング
ri.bi.n.gu.

客廳

和室
わしつ
wa.shi.tsu.

和室

洋室
ようしつ
yo.u.shi.tsu.

西式房間

キッチン
ki.cchi.n.

廚房

ダイニング
da.i.ni.n.gu.

餐廳

台所
だいどころ
da.i.do.ko.ro.

廚房

トイレ
to.i.re. 廁所

よくしつ
浴室
yo.ku.shi.tsu. 浴室

せんめんだついじょ
洗面脱衣所
se.n.me.n.da.tsu.i.jo. 換衣脫衣處

へ や
部屋
he.ya. 房間

こ ど も べ や
子供部屋
ko.do.mo.be.ya. 小孩房

きゃくしつ
客室
kya.ku.shi.tsu. 客房

べんきょうべや
勉強部屋
be.n.kyo.u.be.ya. 書房

しょさい
書斎
sho.sa.i. 書房

ベランダ
be.ra.n.da.　　　　　　　　　　　陽台

バルコニー
ba.ru.ko.ni.i.　　　　　　　　　陽台(沒屋頂)

にわ
庭
ni.wa.　　　　　　　　　　　　　院子

シャワールーム
sha.wa.a.ru.u.mu.　　　　　　　淋浴間

ごらくしつ
娯楽室
go.ra.ku.shi.tsu.　　　　　　　娯樂室

ウォーキングクローゼット
wo.o.ki.n.gu./ku.ro.o.ze.tto.　　　衣物間

PART.03

房子設備

Track-007

ドア
do.a.　　　　　　　　　　　　　　　　　　門

まど
窓
ma.do.　　　　　　　　　　　　　　　　窗

やね
屋根
ya.ne.　　　　　　　　　　　　　　　　屋頂

おくじょう
屋上
o.ku.jo.u.　　　　　　　　　　　　　樓頂

て
手すり
te.su.ri.　　　　　　　　　　　　　　欄杆

ろうか
廊下
ro.u.ka.　　　　　　　　　　　　　　走廊

ひょうさつ
表札
kyo.u.sa.tsu.　　　　　　　　(屋子前的)名牌

インターホン
i.n.ta.a.ho.n.　　　　　　　門鈴

ゆうびんうけ
郵便受け
yu.u.bi.n.u.ke.　　　　　　信箱

くつばこ
靴箱
ku.tsu.ba.ko.　　　　　　　鞋櫃

かいだん
階段
ka.i.da.n.　　　　　　　　樓梯

てんじょう
天井
te.n.jo.u.　　　　　　　　天花板

かべ
壁
ka.be.　　　　　　　　　牆壁

ゆか
床
yu.ka.　　　　　　　　　地板

おしい
押入れ
o.shi.i.re.　　　　　　　壁櫃

PART.04
家具

つくえ
机
tsu.ku.e. 　　　　　　　　　　　桌子

がくしゅうづくえ
学習机
ga.ku.shu.u./zu.ku.e. 　　　　　　書桌

テーブル
te.e.bu.ru. 　　　　　　　　　　西式桌子

こたつ
ko.ta.tsu. 　　　　　　　　　　　小暖桌

だい
テレビ台
te.re.bi.da.i. 　　　　　　　　　電視櫃

ローテーブル
ro.o.te.e.bu.ru. 　　　　　　　　小茶几

ダイニングテーブル
da.i.ni.n.gu./te.e.bu.ru. 　　　　餐桌

コーヒーテーブル
ko.o.hi.i./te.e.bu.ru.　　　咖啡桌

センターテーブル
se.n.ta.a./te.e.bu.ru.　　　客廳的桌子

サイドテーブル
sa.i.do./te.e.bu.ru.　　　小桌

折りたたみデスク
o.ri.ta.ta.mi./de.su.ku.　　　摺疊桌

化粧デスク
ke.sho.u./de.su.ku.　　　梳妝台

パソコンデスク
pa.so.ko.n./de.su.ku.　　　電腦桌

クライニングチェア
ku.ra.i.ni.n.gu./che.a.　　　坐臥兩用椅

ソファー
so.fa.a.　　　沙發

座椅子
ざ い す
za.i.su.　　　　　　　　　沒有椅腳的椅子/和式椅

クッション
ku.ssho.n.　　　　　　　　椅墊

座布団
ざ ぶ と ん
za.bu.to.n.　　　　　　　　座墊

本棚
ほ ん だ な
ho.n.da.na.　　　　　　　　書櫃

たんす
ta.n.su.　　　　　　　　　　五斗櫃

引き出し
ひ　　だ
hi.ki.da.shi.　　　　　　　抽屜

電器

くうきせいじょうき
空気清浄機
ku.u.ki.se.i.jo.u.ki.　　　　　　　空氣清淨機

- -

かしつき
加湿器
ka.shi.tsu.ki.　　　　　　　　　　加濕機

- -

じょしつき
除湿機
jo.shi.tsu.ki.　　　　　　　　　　除濕機

- -

かんきせん
換気扇
ka.n.ki.se.n.　　　　　　　　　　換氣扇

- -

ブルーレイプレーヤー
bu.ru.u.re.i./pu.re.e.ya.a.　　藍光DVD機

- -

DVDレコーダー
di.bu.i.di./re.ko.o.da.a.　　DVD錄影機

- -

プレーヤー
pu.re.e.ya.a.　　　　　　　　　播放器

暖房
<ruby>暖<rt>だん</rt></ruby><ruby>房<rt>ぼう</rt></ruby>
da.n.bo.u.　　　　　　　　暖爐

テレビ
te.re.bi.　　　　　　　　電視機

洗濯機
<ruby>洗<rt>せん</rt></ruby><ruby>濯<rt>たく</rt></ruby><ruby>機<rt>き</rt></ruby>
se.n.ta.ku.ki.　　　　　　洗衣機

洗濯乾燥機
<ruby>洗<rt>せん</rt></ruby><ruby>濯<rt>たく</rt></ruby><ruby>乾<rt>かん</rt></ruby><ruby>燥<rt>そう</rt></ruby><ruby>機<rt>き</rt></ruby>
se.n.ta.ku.ka.n.so.u.ki　　全自動洗衣機（洗脱烘）

扇風機
<ruby>扇<rt>せん</rt></ruby><ruby>風<rt>ぷう</rt></ruby><ruby>機<rt>き</rt></ruby>
se.n.pu.u.ki.　　　　　　電扇

掃除機
<ruby>掃<rt>そう</rt></ruby><ruby>除<rt>じ</rt></ruby><ruby>機<rt>き</rt></ruby>
so.u.ji.ki.　　　　　　　吸塵器

湯沸かし器
<ruby>湯<rt>ゆ</rt></ruby><ruby>沸<rt>わ</rt></ruby>かし<ruby>器<rt>き</rt></ruby>
yu.ka.wa.shi.ki.　　　　熱水器

クーラー
ku.u.ra.a.　　　　　　　冷氣

ステレオ
su.te.re.o.

音響組合

リモコン
ri.mo.ko.n.

遙控器

しょうめい
照 明
sho.u.me.i.

燈

でんき
電気スタンド
de.n.ki./su.ta.n.do.

檯燈

けいこうとう
蛍光灯
ke.i.ko.u.to.u.

日光燈

でんきゅう
電 球
de.n.kyu.u.

燈泡

でんし
電子レンジ
de.n.shi.re.n.ji.

微波爐

オーブン
o.o.bu.n.

烤箱

ロースター
ro.o.su.ta.a.

烤爐

トースター
to.o.su.ta.

烤麵包機

コーヒーメーカー
ko.o.hi.i./me.e.ka.a.

咖啡機

じどうしょっきあら　き
自動食器洗い機
ji.do.u./sho.kki.a.ra.i.ki.

洗碗機

すいはんき
炊飯器
su.i.ha.n.ki.

電子鍋

冷蔵庫
れいぞうこ
re.i.zo.u.ko.

冰箱

食器棚
しょっきだな
sho.kki.da.na.

餐具櫃

ガスコンロ
ga.su.ko.n.ro.

瓦斯爐

オーブン
o.o.bu.n.

烤箱

ゴミ入れ
い
go.mi.i.re.

廚餘桶

レンジフード
re.n.ji.fu.u.do.

抽油煙機

換気扇
かんきせん
ka.n.ki.se.n.

通風扇

まな板
いた
ma.na.i.ta.

砧板

キッチンペーパー
ki.cchi.n.pe.e.pa.a. 　　　厨房紙巾

ちょうりだい
調理台
cho.u.ri.da.i. 　　　流理台

なが
流し
na.ga.shi. 　　　水槽

すいどう
水道
su.i.do.u. 　　　水管

じゃぐち
蛇口
ja.gu.chi. 　　　水龍頭

エプロン
e.pu.ro.n. 　　　圍裙

やかん
ya.ka.n. 　　　水壺

ケトル
ke.to.ru. 　　　快煮壺

電気ポット
de.n.ki.po.tto. 　　　　　　　　　熱水壺

ホットプレート
ho.tto.pu.re.e.to. 　　　　　　　　電烤盤

グリル
gu.ri.ru. 　　　　　　　　　　　烤盤、烤爐

ＩＨ調理機器
a.i.e.chi.cho.u.ri.ki.ki 　　　　　ＩＨ電陶爐

廚房用具

かわ
皮むき
ka.wa.mu.ki.　　　　　　　　　　削皮刀

さしみぼうちょう
刺身包丁
sa.shi.mi./bo.u.cho.u.　　　　　生魚片刀

ほうちょう
包 丁
ho.u.cho.u.　　　　　　　　　　菜刀

ピザカッター
pi.za.ka.tta.a.　　　　　　　　　比薩刀

まないた
ma.na.i.ta.　　　　　　　　　　砧板

と　　き
研ぎ器
to.gi.ki.　　　　　　　　　　　磨刀器

ざる
za.ru.　　　　　　　篩子／可濾水的容器

粉ふるい
こな
ko.na.fu.ru.i.

濾篩（較細的）

じょうご
jo.u.go.

漏斗

フライ返し
がえ
fu.ra.i.ga.e.shi.

鍋鏟

ゴムベラ
go.mu.be.ra.

刮刀

ひしゃく
hi.sha.ku.

長柄杓

スクープ
su.ku.u.pu.

冰淇淋杓

しゃくし
sha.ku.shi.

飯杓

ラップ
ra.ppu.

保鮮膜

ホイル
ho.i.ru.　　　　　　　　　　鋁箔紙

缶切り
ka.n.ki.ri.　　　　　　　　　開罐器

栓抜き
se.n.nu.ki.　　　　　　　　　開瓶器

コルク抜き
ko.ru.ku.nu.ki.　　　　　　　紅酒開瓶器

おろし金
o.ro.shi.ga.ne.　　　　　　　磨泥器

絞り器
sho.bo.ri.ki.　　　　　　　　榨汁器

鍋敷き
na.be.ji.ki.　　　　　　　　 鍋塾

タッパー
ta.ppa.a.　　　　　　　　　　保鮮盒

生ごみ処理機
なま　　　　しょりき

na.ma.go.mi.sho.ri.ki.

廚餘處理機

ゴム手袋
てぶくろ

go.mu./te.bu.ku.ro.

塑膠手套

ぞうきん

zo.u.ki.n.

抹布

ふきん

fu.ki.n.

抹布（擦碗盤用）

フォーク

fo.o.ku.

叉子

箸
はし

ha.shi.

筷子

割り箸
わ　　ばし

wa.ri.ba.shi.

免洗筷

マイ箸 <ruby>箸<rt>はし</rt></ruby>
ma.i.ha.shi.
環保筷

箸置き <ruby>箸置<rt>はしお</rt></ruby>
ha.shi.o.ki.
筷架

スプーン／さじ
su.pu.u.n./sa.ji.
湯匙

ティースプーン
ti.i.su.pu.u.n.
茶匙

ナイフ
na.i.fu.
刀子

バターナイフ
ba.ta.a./na.i.fu.
抹刀

ディナーナイフ
di.na.a./na.i.fu.
餐刀

ディナーフォーク
de.na.a./fo.o.ku.
餐叉

ディナースプーン
di.na.a./su.pu.u.n.   餐匙

ケーキフォーク
ke.e.ki.fo.o.ku.   蛋糕叉

れんげ
re.n.ge.   喝湯用較深的湯匙（中式湯匙）

延伸　單字。　盤子

和皿
wa.za.ra.   日式盤子

小皿
ko.za.ra.   小盤子

焼き物皿
ya.ki.mo.no./za.ra.   放魚等燒烤食物的盤子

楕円皿
da.e.n.za.ra.   圓形的盤子

小鉢
こばち
ko.ba.chi.

小鉢

ブレッドプレート
bu.re.ddo./pu.re.e.to.

裝麵包的盤子

デザートプレート
de.za.a.to./pu.re.e.to.

甜點盤

スープボール
su.u.pu./bo.o.ru.

湯碗

受け皿
う　　ざら
u.ke.za.ra.

醬碟

トレー
to.re.e.

裝托盤

薬味醤油皿
やくみしょうゆざら
ya.ku.mi./ho.u.yu./za.ra.

醬油碟子

グレイビーボート
gu.re.i.bi.i.bo.o.to.

裝咖哩的杯子

紙コップ
かみ
ka.mi.ko.ppu. 　　　　　　　　　　紙杯

コーヒーコップ
ko.o.hi.i.ko.ppu. 　　　　　　　　咖啡杯

グラス
gu.ra.su. 　　　　　　　　　　　　玻璃杯

マグ
ma.gu. 　　　　　　　　　　　　　馬克杯

魔法瓶
まほうびん
ma.ho.u.bi.n. 　　　　　　　　　　保温杯

ワイングラス
wa.i.n.gu.ra.su. 　　　　　　　　酒杯

コップ
ko.ppu. 　　　　　　　　　　　　　茶杯

ロックグラス
ro.kku.gu.ra.su.　　　　　　威士忌杯

ブランデーグラス
bu.ra.n.de.e.gu.ra.su.　　　　白蘭地杯

ジョッキー
jo.kki.i.　　　　　　　　　　啤酒杯

シャンパングラス
sha.n.pa.n.gu.ra.su.　　　　　香檳杯

やかん
ya.ka.n.　　　　　　　　　　茶壺

水差し
<ruby>みずさ</ruby>
mu.zu.sa.shi.　　　　　　　　冷水壺

ティーポット
ti.i.po.tto.　　　　　　　（瓷製）茶壺

コーヒーポット
ko.o.hi.i.po.tto.　　　　　　咖啡壺

トング
to.n.gu.

装冰塊的小桶

鍋具

^{なべ}
鍋
na.be.

鍋子

フライパン
fu.ra.i.pa.n.

平底鍋

^{ちゅうかなべ}
中華鍋
chu.u.ka.na.be.

中式炒鍋

^{あつりょくなべ}
圧力鍋
a.tsu.yo.ku.na.be.

壓力鍋

^{てっぱん}
鉄板
te.ppa.n.

鐵板

^{どなべ}
土鍋
do.na.be.

砂鍋

グリル
gu.ri.ru.   燒烤用具

かたてなべ
片手鍋
ka.ta.te.na.be.   單柄鍋

りょうてなべ
両手鍋
ryo.u.te.na.be.   雙柄鍋

なべ
てんぷら鍋
te.n.pu.ra.na.be.   炸鍋

や　あみ
焼き網
ya.ki.a.mi.   烤網

PART.08
衛浴設備

シャワーヘッド
sha.wa.a./he.ddo. 蓮蓬頭

節水シャワーヘッド
せっすい
se.ssu.i./sha.wa.a./he.ddo. 省水蓮蓬頭

蛇口
じゃぐち
ja.gu.chi. 水龍頭

バスタブ
ba.su.ta.bu. 浴缸

タオル掛け
が
ta.o.ru.ga.ke. 毛巾架

かがみ
ka.ga.mi. 鏡子

便器／トイレ
べんき
be.n.ki. 馬桶

ウォシュレット
wo.shu.re.tto.　　　　　　　　　免治馬桶

タンク
ta.n.ku.　　　　　　　　　馬桶水箱

手洗い付きタンク
te.a.ra.i.tsu.ki./ta.n.ku.　　　附洗手台的馬桶水箱

シャワーカーテン
sha.wa.a./ka.a.te.n.　　　　　　浴簾

ドライヤー
do.ra.i.ya.　　　　　　　　　吹風機

換気扇
ka.n.ki.se.n.　　　　　　　　通風扇

ティッシュペーパー
ti.sshu.pe.e.pa.a.　　　　　　面紙／衛生紙

トイレットペーパー
to.i.re.tto./pe.e.pa.a.　　　　（廁所用）衛生紙

ゴミ箱

go.mi.ba.ko.

垃圾桶

タオル

ta.o.ru.

毛巾

シャワーキャップ

sha.wa.a./kya.ppu.

浴帽

風呂ふた

fu.ro.fu.ta.

蓋在浴缸上的蓋子

足ふきマット

a.shi.fu.ki.ma.tto.

腳踏墊

洗面台

se.n.me.n.da.i.

洗臉台

歯ブラシ

ha.bu.ra.shi.

牙刷

歯磨き

ha.mi.ga.ki.

牙膏

タオル
ta.o.ru. 毛巾

手^て拭^ふきタオル
te.fu..ki.ta.o.ru. 擦手布

バスタオル
ba.su.ta.o.ru. 浴巾

シャワーカーテン
sha.wa.a./ka.a.te.n. 浴簾

ユニットバス
u.ni.tto.ba.su. 簡易型衛浴設備

ランドリーバスケット
ra.n.do.ri.i./ba.su.ke.tto. 洗衣籃

消^{しょう}臭^{しゅう}剤^{ざい}
sho.u.shu.u.za.i. 除臭劑

たたみ
ta.ta.mi.

榻榻米

ふすま
fu.su.ma.

和式拉門

障子
しょうじ
sho.u.ji.

格子門窗

こたつ
ko.ta.tsu.

小暖桌

座布団
ざ ぶ とん
za.bu.do.n.

和式座墊

座椅子
ざ い す
za.i.su.

和式椅

座卓
ざ たく
za.ta.ku.

和式桌

床の間
とこ ま

to.ko.no.ma.　　　　　　　　　　　壁龕

縁側
えんがわ

e.n.ga.wa.　　　　　　　　　　　側廊

雨戸
あまど

a.ma.do.　　　　　　　　　　　板窗

ちゃぶ台
だい

cha.bu.da.i.　　　　　　　　　　　小矮桌

臥房設備

ベッド
be.ddo.　　　　　　　　　　　　　　　床

マットレス
ma.tto.re.su.　　　　　　　　　彈簧床墊

ベッドポット
be.ddo.po.tto.　　　　　　　　　　床墊

<ruby>布団<rt>ふ と ん</rt></ruby>
fu.do.n.　　　　　　　　　　　　　棉被

かけぶとん
ka.ke.bu.to.n.　　　　　　　　蓋的棉被

<ruby>敷<rt>し</rt></ruby>き<ruby>布団<rt>ぶ と ん</rt></ruby>
shi.ki.bu.to.n.　　　　　　鋪在下層的棉被

<ruby>毛布<rt>も う ふ</rt></ruby>
mo.u.fu.　　　　　　　　　　　　　毯子

でんきもうふ
電気毛布
de.n.ki.mo.u.fu.　　　　　　　　　　電毯

まくら
枕
ma.ku.ra.　　　　　　　　　　枕頭

ベッドシーツ
be.ddo.shi.i.tsu.　　　　　　　　　　床單

ベッドカバー
be.ddo.ka.ba.a.　　　　　　　　　　床包

まくら
枕　カバー
ma.ku.ra.ka.ba.a.　.　　　　　　　　枕套

ふとん
布団カバー
fu.do.n.ka.ba.a.　　　　　　　　　　被套

ドレッサー
do.re.ssa.a.　　　　　　　　　　衣櫃

クローゼット
ku.ro.ze.tto.　　　　　　　　　　衣櫃

姿見
すがたみ
su.ga.ta.mi.

全身鏡

チェスト
che.su.to.

收納箱

電気スタンド
でんき
de.n.ki.su.ta.n.do.

檯燈

目覚まし時計
め ざ　　　どけい
me.za.ma.shi.do.ke.i.

鬧鐘

時計
とけい
to.ke.i.

時鐘

カレンダー
ka.re.n.da.a.

月曆

クッション
ku.ssho.n.

抱枕、靠枕

クッションカバー
ku.ssho.n./ka.ba.a.

抱枕套

PART. 11
書房設備

学習机
ga.ku.shu.u./zu.ku.e.　　　　　　　書桌

デスクスタンド
de.su.ku.su.ta.n.do.　　　　　　桌燈、檯燈

ひ　だ
引き出し
hi.ki.da.shi.　　　　　　　　　　抽屜

た
ペン立て
pe.n.ta.te.　　　　　　　　　　筆筒

ほんだな
本棚
ho.n.da.na.　　　　　　　　　　書櫃

たくじょう
卓上カレンダー
ta.ku.jo.u.ka.re.n.da.a.　　　　　桌曆

電腦設備　延伸單字。

日文單字1000　49

ノートパソコン／ノートPC

no.o.to.pa.so.ko.n./no.o.to.pi.i.shi.i　筆記型電腦

タブレット

ta.bu.re.tto.　　　　　　　　平板電腦

サーバ

sa.a.ba.　　　　　　　　　　伺服器

メインメモリ

me.i.n.me.mo.ri.　　　　　　　記憶體

ハードディスク

ha.a.do.di.su.ku.　　　　　　硬碟

マザーボード

ma.za.a.bo.o.do.　　　　　　主機板

電源ユニット
でんげん

de.n.ge.n.yu.ni.tto.　　　　　電源套件

ソフト

so.fu.to.　　　　　　　　　　軟體

ディスプレイ

di.su.pu.re.i.　　　　　　　　　螢幕

キーボード

ki.i.bo.o.do.　　　　　　　　　鍵盤

マウス

ma.u.su.　　　　　　　　　　　滑鼠

スキャナ

su.kya.na.　　　　　　　　　　掃描機

デジタルカメラ

de.ji.ta.ru.ka.me.ra.　　　　　數位相機

スピーカー

su.pi.i.ka.a.　　　　　　　　　喇叭

プリンター

pu.ri.n.ta.a.　　　　　　　　　印表機

複合機
ふくごうき
fu.ku.go.u.ki. 事務機

ネットワークケーブル
ne.tto.wa.a.ku.ke.e.bu.ru. 網路線

無線LAN
むせん
mu.se.n.fa.n. 無線LAN

文具用品

紙
かみ
ka.mi. 紙

コピー用紙
ようし
ko.pi.i.yo.u.shi. 影印紙

ノート
no.o.to. 筆記簿

ルーズリーフ
ru.u.zu.ri.i.fu. 活頁簿

てちょう
手帳
te.cho.u. 手札、日誌

メモ
me.mo. 便條紙

ふせん
付箋
fu.se.n. 便條紙

マスキングテープ
ma.su.ki.n.gu./te.e.pu. 紙膠帶

ポストイット
po.su.to./i.tto. 浮貼便條紙

びんせん
便箋
bi.n.se.n. 信紙

ふうとう
封筒
fu.u.to.u. 紙封

セロハンテープ
se.ro.ha.n./te.e.pu. 透明膠帶

のり
no.ri.　　　　　　　　　　膠水

スティックのり
su.ti.kku.no.ri.　　　　　　口紅膠

しゅんかんせっちゃくざい
瞬 間 接 着 剤
shu.n.ka.n./se.ccha.ku.za.i.　三秒膠

コロコロ
ko.ro.ko.ro.　　　　　　　清潔黏著捲筒

テープカッター
te.e.pu./ka.tta.a.　　　　　膠帶台

シャープペンシル
cha.a.pu.pe.n.shi.ru.　　　自動鉛筆

ペン
pe.n.　　　　　　　　　　筆

まんねんひつ
万年筆
ma.n.ne.n.hi.tsu.　　　　　鋼筆

ボールペン
bo.o.ru.pe.n.　　　　　　　　　原子筆

ペンケース／筆入れ
pe.n.ke.e.su./fu.de.i.re.　　　　鉛筆盒／筆袋

インク
i.n.ku.　　　　　　　　　　　　墨水

スタンプ
su.ta.n.pu.　　　　　　　　　　印章

消しゴム
ke.shi.go.mu.　　　　　　　　　板擦／橡皮擦

修正テープ
shu.u.se.i.te.e.pu.　　　　　　　修正帶

下敷き
shi.ta.ji.ki.　　　　　　　　　　墊板

磁石
ji.sha.ku.　　　　　　　　　　　磁鐵

定規
じょうぎ
jo.u.gi.　　　　　　　　　尺

はさみ
ha.sa.mi.　　　　　　　　剪刀

カッター
ka.tta.a.　　　　　　　　美工刀

画鋲
がびょう
ga.byo.u.　　　　　　　　圖釘

ホッチキス
ho.cchi.ki.su.　　　　　　釘書機

ホッチキス針
ばり
ho.cchi.ki.su.ba.ri.　　　釘書針

クリップ
ku.ri.ppu.　　　　　　　夾子／迴紋針

鉛筆削り
えんぴつけずり
e.n.pi.tsu.ke.zu.ri.　　　削鉛筆機

でんたく
電卓
de.n.ta.ku. 計算機

シュレッダー
shu.re.dda.a. 碎紙機

ほん
本
ho.n. 書

しおり
shi.o.ri. 書籤

ブックマーク
bu.kku.ma.a.ku. 書籤

わ
輪ゴム
wa.go.mu. 橡皮筋

ベランダガーデン
be.ra.n.da.ga.a.de.n.　　　　陽台花園

鉢植え
<ruby>鉢<rt>はち</rt></ruby><ruby>植<rt>う</rt></ruby>え
ha.chi.u.e.　　　　盆栽

盆栽
<ruby>盆栽<rt>ぼんさい</rt></ruby>
bo.n.sa.i.　　　　盆栽

植木鉢
<ruby>植<rt>う</rt></ruby><ruby>木<rt>え</rt></ruby><ruby>鉢<rt>きばち</rt></ruby>
u.e.ki.ba.chi.　　　　花盆

じょうろ
jo.u.ro.　　　　澆花器

ホース
ho.u.su.　　　　水管

軍手
<ruby>軍手<rt>ぐんて</rt></ruby>
gu.n.te.　　　　厚棉布手套

スコップ
su.ko.ppu.　　　　　　　　　　鏟子

きゃたつ
脚立
kya.ta.tsu.　　　　　　　　　　梯子

しつがい き
室外機
shi.tsu.ga.i.ki.　　　　　　　空調室外機

もの ほ　　ざお
物干し竿
mo.no.ho.shi.za.o.　　　　　　晒衣杆

ハンガー
ha.n.ga.a.　　　　　　　　　　衣架

清潔用品　　延伸單字。

ほうき
ho.u.ki.　　　　　　　　　　　掃箒

ちりとり
chi.ri.to.ri.　　　　　　　　　笨箕

殺虫剤
さっちゅうざい
sa.cchu.u.za.i.

殺蟲劑

洗剤
せんざい
se.n.za.i.

清潔劑

トイレブラシ
to.i.re.bu.ra.shi.

馬桶刷

洗濯洗剤
せんたくせんざい
se.n.ta.ku.se.n.za.i.

洗衣精

柔軟剤
じゅうなんざい
ju.u.na.n.za.i.

柔軟精

漂白剤
ひょうはくざい
hyo.u.ha.ku.za.i.

漂白水

詰替え
つめか
tsu.me.ka.e.

補充包

ふきん
fu.ki.n.

抹布(擦桌子、碗盤)

ぞうきん
zo.u.ki.n.　　　　　　　　　　　　抹布

スポンジ
su.po.n.ji.　　　　　　　　　　　　海棉

たわし
ta.wa.shi.　　　　　　　　　　　　棕刷

ナイロンたわし
na.i.ro.n.ta.wa.shi.　　　　　　　　菜瓜布

ステンレスたわし
su.te.n.re.su.ta.wa.shi.　　　　　　鋼刷

スポンジたわし
su.po.n.ji.ta.wa.shi.　　　　　　　海棉菜瓜布

ごみ
go.mi.　　　　　　　　　　　　　　垃圾

<ruby>生<rt>なま</rt></ruby>ゴミ
na.ma.go.mi.　　　　　　　　　　　廚餘

<ruby>燃<rt>も</rt></ruby>えるゴミ
mo.e.ru.go.mi.　　　　　　　　可燃垃圾

<ruby>不燃<rt>ふねん</rt></ruby>ごみ
fu.ne.n.go.mi.　　　　　　　　不可燃垃圾

<ruby>資源<rt>しげん</rt></ruby>ごみ
shi.ge.n.go.mi.　　　　　　　　可回收物

<ruby>粗大<rt>そだい</rt></ruby>ごみ
so.da.i.go.mi.　　　　　　　　大型垃圾

ごみ<ruby>袋<rt>ぶくろ</rt></ruby>
go.mi.bu.ku.ro.　　　　　　　　垃圾袋

ごみ<ruby>箱<rt>ばこ</rt></ruby>
go.mi.ba.ko.　　　　　　　　垃圾桶

ごみ<ruby>収集日<rt>しゅうしゅうび</rt></ruby>
go.mi.shu.u.shu.u.bi.　　　　　　垃圾集中日

交通

CHAPTER.

02

街道相關

道路
どうろ
do.u.ro.

道路

道
みち
mi.chi.

路

通り
とお
to.o.ri.

大馬路

街灯
がいとう
ga.i.to.u.

路燈

街路樹
がいろじゅ
ga.i.ro.ju.

行道樹

道路標識
どうろひょうしき
do.u.ro.hyo.u.shi.ki.

路標

交通標識
こうつうひょうしき
ko.u.tsu.u.hyo.u.shi.ki.

交通標識

でんちゅう
電 柱
de.n.chu.u. 電線杆

かんばん
看 板
ka.n.ba.n. 招牌

しゃどう
車 道
sha.do.u. 車道

ほどう
歩 道
ho.do.u. 人行道

えんせき
縁 石
e.n.se.ki. 分隔島

こうさてん
交差点
ko.u.sa.te.n. 岔路口

じゅうじろ
十 字路
ju.u.ji.ro. 十字岔路

しんごう
信 号
shi.n.go.u. 紅綠燈

横断歩道
おうだんほどう
o.u.da.n.ho.do.u.

斑馬線

駐車場
ちゅうしゃじょう
chu.u.sha.jo.u.

停車場

歩道橋
ほどうきょう
ho.do.u.kyo.u.

天橋

地下道
ちかどう
chi.ka.do.u.

地下道

街角
まちかど
ma.chi.ka.do.

馬路轉角

カーブ
ka.a.bu.

彎道

トンネル
to.n.ne.ru.

隧道

高架橋
こうかきょう
ko.u.ka.kyo.u.

高架橋

はし
橋
ha.shi. 橋

ロータリー
ro.o.ta.ri.i. 圓環

こうそくどうろ
高速道路
ko.u.so.ku.do.u.ro. 高速公路

ガードレール
ga.a.do.re.e.ru. 護欄

インターチェンジ
i.n.ta.a.che.n.ji. 交流道

りょうきんじょ
料金所
ryo.u.ki.n.jo. 收費站

サービスエリア
sa.a.bi.su.e.ri.a. 高速公路休息站

ふみきり
踏切
fu.mi.ki.ri. 平交道

PART.02

▶ Track-018

交通工具

くるま
車
ku.ru.ma.

車

バイク
ba.i.ku.

機車

じてんしゃ
自転車
ji.te.n.sha.

腳踏車

ふね
船
fu.ne.

船

でんしゃ
電車
de.n.sha.

電車

しんかんせん
新幹線
sh.n.ka.n.se.n.

新幹線、高速鐵路

ひこうき
飛行機
hi.ko.u.ki.

飛機

PART.03
大眾運輸

バス
ba.su.

公共汽車

夜行バス
ya.ko.u.ba.su.

夜間巴士

高速バス
ko.u.so.ku.ba.su.

長途客車

快速バス
ka.i.so.ku.ba.su.

快速公車

路線バス
ro.se.n.ba.su.

短程公車

二階建てバス
ni.ka.i.da.te./ba.su.

雙層公共汽車

空港バス
ku.u.ko.u.ba.su.

機場巴士

こがた
小型バス
ko.ga.ta.ba.su.

小型巴士

シャトルバス
sha.to.ru.ba.su.

短程接駁交通車

タクシー
ta.ku.shi.i.

計程車

きしゃ
汽車
ki.sha.

火車

ちかてつ
地下鉄
chi.ka.te.tsu.

地下鐵

ろめんでんしゃ
路面電車
ro.me.n.de.n.sha.

路面電車

延伸
單字。　　鐵路相關

せん
線
se.n.

線（火車的路線）

時刻表
じこくひょう
ji.ko.ku.hyo.u.

車時刻表

往復
おうふく
o.u.fu.ku.

來回

片道
かたみち
ka.ta.mi.chi.

單程

乗り換え
の　か
no.ri.ka.e.

換車

案内所
あんないしょ
a.n.na.i.sho.

問訊處

遅れ
おく
o.ku.re.

誤點

料金
りょうきん
ryo.u.ki.n.

票價

精算機
せいさんき
se.i.sa.n.ki.

補票機

自由席
じゆうせき
ji.yu.u.se.ki.

自由座

指定席
していせき
shi.te.i.se.ki.

指定座

グリーン席
せき
gu.ri.i.n.se.ki.

豪華座、商務座位

周遊券
しゅうゆうけん
shu.u.yu.u.ke.n.

套票（可在期間內無限搭乘）

一日券
いちにちけん
i.chi.ni.chi.ke.n.

一日券

禁煙席
きんえんせき
ki.n.e.n.se.ki.

禁菸席

喫煙席
きつえんせき
ki.tsu.e.n.se.ki.

抽菸席

始発
しはつ
shi.ha.tsu.

頭班車

しゅうでん
終 電
shu.u.de.n.　　　　　　　　　　末班車

くうせき
空席
ku.u.se.ki.　　　　　　　　　　空位

コインロッカー
ko.i.n./ro.kka.a.　　　　　　　投幣式置物櫃

かんこうあんないじょ
観光案内所
ka.n.ko.u./a.n.na.i.jo.　　　　遊客服務中心

と　あ
お問い合わせ
o.to.i.a.wa.se.　　　　　　　　詢問處

かいさつぐち
改札口
ka.i.sa.tsu.gu.chi.　　　　　　剪票口

じどうかいさつぐち
自動改札口
ji.do.u./ka.i.sa.tsu.gu.chi.　自動感應票口

じょうしゃけん
乗 車 券
jo.u.sha.ke.n.　　　　　　　　車票

運賃
うんちん
u.n.chi.n.

車資

ダイヤ
da.i.ya.

時刻表

キオスク
ki.o.su.ku.

販賣亭

路線図
ろせんず
ro.se.n.zu.

路線圖

料金表
りょうきんひょう
ryo.u.ki.n.hyo.u.

車資表

定期券
ていきけん
te.i.ki.ke.n.

定期車票

自動券売機
じどうけんばいき
ji.do.u.ke.n.ba.i.ki.

售票機

両替機
りょうがえき
ryo.u.ga.e.ki.

兌幣機

チャージ機
cha.a.ji.ki.   加值機

きっぷ
ki.ppu   車票

切符売り場
ki.ppu.u.ri.ba.   售票處

みどりの窓口
mi.do.ri.no./ma.do.gu.chi.   JR購票服務窗口

乗り越し
no.ri.ko.shi.   坐過站

<ruby>乱<rt>みだ</rt></ruby>れる
mi.da.re.ru.

打亂

<ruby>立往生<rt>たちおうじょう</rt></ruby>
ta.chi/.o.u.jo.u.

故障停在路中

<ruby>渋滞<rt>じゅうたい</rt></ruby>
ju.u.ta.i.

塞車

<ruby>帰省<rt>きせい</rt></ruby>ラッシュ
ki.se.i.ra.sshu.

返鄉潮

ユターン
yu.ta.a.n.

回到城市的車潮

<ruby>高速道路<rt>こうそくどうろ</rt></ruby>
ko.u.so.ku.do.u.ro.

高速公路

<ruby>高速道路料金<rt>こうそくどうろりょうきん</rt></ruby>
ko.o.so.ku.do.u.ro.ryo.u.ki.n.

過路費

交通事故
こうつうじこ
ko.u.tsu.u.ji.ko.

交通事故

ひき逃げ
に
hi.ki.ni.ge.

肇事逃逸

はねられる
ha.ne.ra.re.ru.

被撞

轢かれる
ひ
hi.ka.re.ru.

被碾壓

玉突き事故
たまつ　　じこ
ta.ma.tsu.ki./ji.ko.

追撞事故

歩行者
ほこうしゃ
ho.ko.u.sha.

行人

通行人
つうこうにん
tsu.u.ko.u.ni.n.

路人

PART.05

搭機

チェックイン
che.kku.i.n.　　　　　　　　　　登機手續

パースポート／旅券
pa.a.su.po.o.to./ryo.ke.n.　　　護照

ビザ
bi.za.　　　　　　　　　　　　簽證

チケット
chi.ke.tto.　　　　　　　　　　機票

窓側
ma.do.ga.wa.　　　　　　　　　靠窗座位

通路側
tsu.u.ro.ga.wa.　　　　　　　　走道座位

中間席
chu.u.ka.n.se.ki.　　　　　　　中間的座位

非常出口
ひじょうでぐち

hi.jo.u.de.gu.chi.　　　　　　緊急出口

時間どおり
じかん

ji.ka.n.do.o.ri.　　　　　　準點

ボーディングカード／搭乗券
とうじょうけん

bo.o.di.n.gu./ka.a.do.　　　　　　登機證

引換証
ひきかえしょう

hi.ki.ka.e.sho.u.　　　　　　行李認領單

ゲート

ge.e.to.　　　　　　登機門

乗り継ぎ
の　　つ

no.ri.tsu.gi.　　　　　　轉機

スケール

su.ke.e.ru.　　　　　　(行李)磅秤

手荷物
てにもつ

te.ni.mo.tsu.　　　　　　隨身行李

ターミナル
ta.a.mi.na.ru.e.　　　　　　　　　　航站

アナウンス
a.na.u.n.su.　　　　　　　　登機前的廣播

キャビンアテンダント
kya.bi.n.a.te.n.da.n.to.　　　　　空服員

パイロット
pa.i.ro.tto.　　　　　　　　　　駕駛員

ぜいかん
税関
ze.i.ka.n.　　　　　　　　　　　海關

じょうきゃく
乗　客
jo.u.kya.ku.　　　　　　　　　　乘客

りりく　　　しゅっぱつ
離陸／出発
ri.ri.ku./shu.ppa.tsu.　　　　　　起飛

もくてきち
目的地
mo.ku.te.ki.chi.　　　　　　　　目的地

にゅうこくしんさ
入国審査
nyu.u.ko.ku.shi.n.sa.　　　　入國檢查

にゅうこく
入 国 カード
nyu.u.ko.ku.ka.a.do.　　　　入國申請書

けんえき
検疫
ke.n.e.ki.　　　　檢疫

あんぜん
安全ベルト
a.n.ze.n.be.ru.to.　　　　安全帶

艙等相關　延伸單字。

エコノミークラス
e.ko.no.mi.i./ku.ra.su.　　　　經濟艙

ファーストクラス
fa.a.su.to./ku.ra.su.　　　　頭等艙

ビジネスクラス
bi.ji.ne.su./ku.ra.su.　　　　商務艙

うんちんひょう
運賃表
u.n.chi.n.hyo.u.

車資表

うんてんしゅ
運転手
u.n.te.n.shu.

駕駛

せいりけん
整理券
se.i.ri.ke.n.

整理券(上車時抽取的票券)

うんちんばこ
運賃箱
u.n.chi.n.ba.ko.

投幣箱

ゆうせんせき
優先席
yu.u.se.n.se.ki.

博愛座

こうしゃ
降車ボタン
ko.u.sha.bo.ta.n.

下車鈴

金融郵政

CHAPTER.

03

PART.01 銀行

Track-023

ぎんこう
銀行
gi.n.ko.u. 銀行

ゆうちょ銀行（ぎんこう）
yu.u.cho.gi.n.ko.u. 郵政銀行

ぎんこういん
銀行員
gi.n.ko.u.i.n. 銀行行員

まどぐち
窓口
ma.do.gu.chi. 窗口

はっけんき
発券機
ha.kke.n.ki. 發號碼牌機

ばんごうふだ
番号札
ba.n.go.u./fu.da. 號碼牌

にゅうきんひょう
入金票
nyu.u.ki.n.hyo.u. 存款單

預け入れ票
あず　い　ひょう

a.zu.ke.i.re.hyo.u.　　　　　　　　存款單

引き出し票
ひ　だ　票

hi.ki.da.shi.hyo.u.　　　　　　　　提款單

振込依頼書
ふりこみいらいしょ

fu.ri.ko.mi.i.ra.i.sho.　　　　　　匯款單

送金票
そうきんひょう

so.u.ki.n.hyo.u.　　　　　　　　　匯款單

印鑑
いんかん

i.n.ka.n.　　　　　　　　　　　　印鑑

通帳
つうちょう

tsu.u.cho.u.　　　　　　　　　　　存摺

為替レート
かわせ

ka.wa.se.re.e.to.　　　　　　　　匯率

キャッシュカード

kya.sshu.ka.a.do.　　　　　　　　提款卡

クレジットカード
ku.re.ji.tto.ka.a.do.

信用卡

あんしょうばんごう
暗証番号
a.n.sho.u.ba.n.go.u.

密碼

ざんだかしょうかい
残高照会
za.n.da.ka.sho.u.ka.i.

查詢餘額

ふ こ
振り込み
fu.ri.ko.mi.

匯款

そうきん ひ だ
送金引き出し
so.u.ki.nn.hi.ki.da.shi.

提款

あず い
預け入れ
a.zu.ke.i.re.

存(入)款

めいさいしょ
明細書
me.i.sa.i.sho.

明細表

てすうりょう
手数料
te.su.u.ryo.u.

手續費

通 帳記入
つうちょうきにゅう
tsu.u.cho.u.ki.nyu.u.　　　　　　　　補摺

口座
こうざ
ko.u.za.　　　　　　　　帳號

自動引き落とし
じ どう ひ　お
ji.do.u.hi.ki.o.to.shi.　　　　　　　　自動扣款

融資
ゆうし
yu.u.shi.　　　　　　　　借款

ローン
ro.o.n.　　　　　　　　貸款

借 金
しゃっきん
sha.kki.n.　　　　　　　　債務

金利、利子
きんり　りし
ki.n.ri./ri.shi.　　　　　　　　利息

元 金
がんきん
ga.n.ki.n.　　　　　　　　本金

郵政

ゆうびんきょく
郵便局
yu.u.bi.n.kyo.ku.　　　　　　　　郵局

ポスト
po.su.to.　　　　　　　　郵筒

まどぐち
ゆうゆう窓口
yu.u.yu.u.ma.do.gu.chi.　　　郵局24小時窗口

ゆうびんぶつ
郵便物
yu.u.bi.n.bu.tsu.　　　　　　　　郵寄品

てがみ
手紙
te.ga.mi.　　　　　　　　信

はがき
ha.ga.ki.　　　　　　　　明信片

ねんがじょう
年賀状
ne.n.ga.jo.u.　　　　　　　　賀年明信片

こづつみ
小包
ko.zu.tsu.mi.

小包包裹

にもつ
荷物
ni.mo.tsu.

貨品

ゆうびんししょばこ
郵便私書箱
yu.u.bi.n.shi.sho.ba.ko.

郵政信箱

ゆうびんや
郵便屋さん
yu.u.bi.n.ya.sa.n.

郵差

きって
切手
ki.tte.

郵票

けしいん
消印
ke.shi.i.n.

郵戳

ゆうびんばんごう
郵便番号
yu.u.bi.n.ba.n.go.u.

郵遞區號

じゅうしょ
住 所
ju.u.sho.

地址

宛先
あてさき
a.ta.sa.ki.

收件人

差出人
さしだしにん
sa.shi.da.hsi.ni.n.

寄件人

普通郵便
ふつうゆうびん
fu.tsu.u.yu.u.bi.n.

平信

速達
そくたつ
so.ku.ta.tsu.

限時

書留
かきとめ
ka.ki.to.me.

掛號

宅配便
たくはいびん
ta.ku.ha.i.bi.n.

宅配

国際スピード郵便
こくさい　　　　　　　ゆうびん
ko.ku.sa.i.su.pi.i.do.yu.u.bi.n.

EMS快捷

航空便
こうくうびん
ko.u.ku.u.bi.n.

空運

ふなびん
船便
fu.na.bi.n.　　　　　　　　　　海運

- -

ゆうそうりょう
郵送料
yu.u.so.u.ryo.u.　　　　　　　　郵資

- -

だいきんひきかえ
代金引換
da.i.ki.n.hi.ki.ka.e.　　　　　　貨到付款

- -

ふざいとど
不在届け
fu.za.i.to.do.ke.　　　再投遞通知、招領通知

- -

ゆうパック
yu.u.pa.kku.　　　　　　　　郵局宅配服務

- -

てんそう
転送
te.n.so.u.　　　　　　　　　　轉寄

- -

さいはいたつ
再配達
sa.i.ha.i.ta.tsu.　　　　　　　　再投遞

保険

せいめいほけん
生命保険
se.i.me.i.ho.ke.n.　　　　　　　壽險

かさいほけん
火災保険
ka.sa.i.ho.ke.n.　　　　　　　　火災險

じどうしゃほけん
自動車保険
ji.do.u.sha.ho.ke.n.　　　　　　車險

しょうがいほけん
傷害保険
sho.u.ga.i.ho.ke.n.　　　　　　意外險

こくみんねんきん
国民年金
ko.ku.mi.n./ne.n.ki.n.　　　　　國民年金

こくみんけんこうほけん
国民健康保険
ko.ku.mi.n./ke.n.ko.u./ho.ke.n.　全民健保

こうきょうさい
公共債
ko.u.kyo.u.sa.i.　　　　　　　　公債

かぶ
株
ka.bu.　　　　　　　　　　　　股票

さいけん
債券
sa.i.ke.n.　　　　　　　　　　債券

しゃさい
社債
sha.sa.i.　　　　　　　　　　債券

しょうけんとりひきしょ
証券取引所
sho.u.ke.n.to.ri.hi.ki.sho.　　股票交易所

かぶしき　わ　あ
株式の割り当て
ka.bu.shi.ki.no.wa.ri.a.te.　　配股

メインボード
me.i.n.bo.o.do.　　　　　　主板市場

かぶしきしじょう
株式市場
ka.bu.shi.ki.shi.jo.u.

股票市場

じょうじょう
上 場
jo.u.jo.u.

股票上市

かぶかしすう
株価指数
ka.bu.ka.shi.su.u.

股價指數

しんきこうかい
新規公開
shi.n.ki.ko.u.ka.i.

首次上市

かぶしきがいしゃ
株式会社
ka.bu.shi.ki./ga.i.sha.

股份公司

かぶぬし
株主
ka.bu.nu.shi.

股東

ゆうかしょうけん
有価証券
yu.u.ka./sho.u.ke.n.

有價證券

Track-027

常用貨幣

つうか
通貨
tsu.u.ka.   貨幣

にほんえん
日本円
ni.ho.n.e.n.   日圓

じんみんげん
人民元
ni.n.mi.n.ge.n.   人民幣

ほんこん
香港ドル
ho.n.ko.n.do.ru.   港幣

たいわん
ニュー台湾ドル
nyu.u./ta.i.wa.n./do.ru.   新台幣

ウォン
wo.n.   韓元

ユーロ
yu.u.ro.   歐元

ポンド
po.n.do.　　　　　　　　　　　　　　　　英磅

US ドル（米ドル）
u.e.su.do.ru./be.i.do.ru.　　　　　　　　美金

シンガポールドル
shi.n.ga.po.o.ru./do.ru.　　　　　　　　新加坡幣

カナダドル
ka.na.da.do.ru.　　　　　　　　　　　　加拿大幣

オーストラリア・ドル
o.o.su.to.ra.ri.a./do.ru.　　　　　　　　澳幣

ニュージーランド・ドル
nyu.u.ji.i.ra.n.do./do.ru.　　　　　　　紐西蘭幣

クローネ
ku.ro.o.ne.　　克羅納(丹麥、挪威的貨幣單位)

デンマーク・クローネ
de.n.ma.a.ku./ku.ro.o.ne.　　　　　　　丹麥幣

ノルウェー・クローネ

no.ru.we.w./ku.ro.o.ne.　　　　　　挪威幣

スウェーデン・クローナ

su.we.e.de.n./ku.ro.o.na.　　　　　瑞典幣

ペソ

pe.so.　　　披索(中南美及菲律賓貨幣單位)

重要經濟指標　　延伸單字。

けいざいしひょう
経済指標

ke.i.za.i.shi.hyo.u.　　　　　　經濟指標

かわせ
為替レート

ka.wa.se.re.e.to.　　　　　　　匯率

かしだしきんり
貸出金利

ka.shi.da.shi.ki.n.ri.　　　　　借款利率

けいざいせいちょうりつ
経済成長率

ke.i.za.i.se.i.cho.u.ri.tsu.　　　經濟成長率

しつぎょうりつ
失業率
shi.tsu.hyo.u.ri.tsu.　　　　　　失業率

しょうひしゃぶっかしすう
消費者物価指数
sho.u.hi.sha.bu.kka.shi.su.u.　　消費者物價指數

がいかじゅんびだか
外貨準備高
ga.i.ka.ju.n.bi.da.ka.　　　　　外匯存底

こくないそうせいさん
国内総生産
ko.ku.na.i.so.u.se.i.sa.n.　　　　國內生產毛額

こくみんそうせいさん
国民総生産
ko.ku.mi.n.so.u.se.i.sa.n.　　　　國民生產毛額

こうりぶっかしすう
小売物価指数
ko.u.ri.bu.kka.shi.su.u.　　　　零售物價指數

延伸　單字。　經濟詞彙

インフレ
i.n.fu.re.　　　　　　　　　　通膨

インフレーション
i.n.fu.re.e.sho.n.　　　　　　　　　通貨膨脹

デフレ
de.fu.re.　　　　　　　　　　　　　　通縮

デフレーション
de.fu.re.e.sho.n.　　　　　　　　　　通縮

けいきじゅんかん
景気循環
ke.i.ki.ju.n.ka.n.　　　　　　　　　　經濟周期

こうきょう
好況
ko.u.kyo.u.　　　　　　　　　　　　　經濟繁榮

けいきこうたい
景気後退
ke.i.ki.ko.u.ta.i.　　　　　　　　　　經濟衰退

けいざいふきょう
経済不況
ke.i.za.i.fu.kyo.u.　　　　　　　　　經濟蕭條

けいざいきき
経済危機
ke.i.za.i.ki.ki.　　　　　　　　　　　經濟危機

けいきかいふく
景気回復
ke.i.ki.ka.i.fu.ku.　　　　　　　　　　經濟復甦

けいざいかいふく
経済回復
ke.i.za.i.ka.i.fu.ku.　　　　　　　　　　經濟復甦

くろじ
黒字
ku.ro.ji.　　　　　　　　　　　　　　　順差

あかじ
赤字
a.ka.ji.　　　　　　　　　　　　　　　逆差

ふきょう
不況
fu.kyo.u.　　　　　　　　　　　　　　不景氣

せいちょうりつ
成長率
se.i.sho.u.ri.tsu.　　　　　　　　　　　成長率

へいきんせいちょうりつ
平均成長率
he.i.ki.n.se.i.cho.u.ri.tsu.　　　　　　平均成長率

とうししゅうえきりつ
投資収益率
to.u.shi.shu.u.e.ki.ri.tsu.　　　　　　投資報酬率

ぼうえきそうがく
貿易総額
bo.u.e.ki.so.u.ga.ku. 外貿進出口總額

ゆしゅつそうがく
輸出総額
yu.shu.tsu.so.u.ga.ku. 輸出總額

ゆにゅうそうがく
輸入総額
yu.nyu.u.so.u.ga.ku. 輸入總額

でんとうけいざい
伝統経済
de.n.to.u.ke.i.za.i. 傳統經濟

しじょうけいざい
市場経済
shi.jo.u.ke.i.za.i. 市場經濟

けいかくけいざい
計画経済
ke.i.ka.ku.ke.i.za.i. 計畫經濟

終極 日文單字 1000

旅遊

CHAPTER.
04

PART.01
旅遊種類

しゅうがくりょこう
修学旅行
shu.u.ga.ku.ryo.ko.u.　　　　　　　校外教學

けんしゅうりょこう
研修旅行
ke.n.shu.u.ryo.ko.u.　　　　　　　研修旅行

しゅざいりょこう
取材旅行
shu.za.i.ryo.ko.u.　　　　　　　採訪旅行

いあんりょこう
慰安旅行
i.a.n.ryo.ko.u.　　　　　　　休息、放鬆之旅

きせいりょこう
帰省旅行
ki.se.i.ryo.ko.u.　　　　　　　返鄉探親順便旅行

しんこんりょこう
新婚旅行
shi.n.ko.n.ryo.ko.u.　　　　　　　蜜月旅行

そつぎょうりょこう
卒業旅行
so.tsu.gyo.u.ryo.ko.u.　　　　　　　畢業旅行

ひとりたび
一人旅
hi.to.ri.ta.bi.　　　　　　　獨自一人旅行

ふうふりょこう
夫婦旅行
fu.fu.u.ryo.ko.u.　　　　　　夫妻旅行

かぞくりょこう
家族旅行
ka.zo.ku.ryo.ko.u.　　　　　　家族旅行

しゃいんりょこう
社員旅行
sha.i.n.ryo.ko.u.　　　　　　員工旅遊

りょこう
グループ旅行
gu.ru.u.pu.ryo.ko.u.　　　　　團體旅行

だんたいりょこう
団体旅行
da.n.ta.i.ryo.ku.u.　　　　　團體旅行

バスツアー
ba.su.tsu.a.a.　　　　　　　搭乘巴士觀光

てつどうりょこう
鉄道旅行
te.tsu.do.u.ryo.ko.u.　　　　乘火車進行的旅行

温泉旅行
おんせんりょこう
o.n.se.n.ryo.ko.u.　　　　　　　温泉旅行

国内旅行
こくないりょこう
ko.ku.na.i.ryo.ko.u.　　　　　　國內旅行

海外旅行
かいがいりょこう
ka.i.ga.i.ryo.ko.u.　　　　　　　國外旅行

自由旅行
じゆうりょこう
ji.yu.u.ryo.ko.u.　　　　　　　　自由行

パッケージツアー
pa.kke.e.ji.tsu.a.a.　　　　　　套裝行程、跟團

ヒッチハイク
hi.cchi.ha.i.ku.　　　　　　　　搭便車

日帰り旅行
ひがえ　りょこう
hi.ga.e.ri.ryo.ko.u.　　　　　　當天來回的旅行

PART.02
旅館種類

宿
やど
ya.do. 　　　　　　　　　　　　　旅館

ホテル
ho.te.ru. 　　　　　　　　　　　　飯店

民宿
みんしゅく
mi.n.shu.ku. 　　　　　　　　　　民宿

旅館
りょかん
ryo.ka.n. 　　　　　　　　　　　　旅館

ビジネスホテル
bi.ji.ne.su.ho.te.ru. 　　　　　　商務飯店

温泉旅館
おんせんりょかん
o.n.se.n.ryo.ka.n. 　　　　　（日式）溫泉旅館

観光旅館
かんこうりょかん
ka.n.ko.u.ryo.ka.n. 　　　　（日式）觀光旅館

モーテル
mo.o.te.ru.　　　　　　　　　汽車旅館

カプセルホテル
ka.pu.se.ru.ho.te.ru.　　　　　膠囊旅館

デザイナーズホテル
de.za.i.na.a.zu.ho.te.ru.　　特殊風格設計的飯店

ラブホテル
ra.bu.ho.te.ru.　　　　　　　情趣旅館

シティーホテル
shi.ti.i.ho.te.ru.　　　　　　高級酒店

ウィークリーマンション
u.i.i.ku.ri.i./ma.n.sho.n.　　　週租型公寓

マンスリーマンション
ma.n.su.ri.i./ma.n.sho.n.　　　月租型公寓

ゲストハウス
ge.su.to./ha.u.su.　　　　　小型家庭旅館

リゾートホテル
ri.zo.o.to./ho.te.ru.　　　　　　観光飯店

ユースホステル
yu.u.su./ho.su.te.ru.　　　　　　青年旅館

房型 延伸單字。

シングルルーム
shi.n.gu.ru./ru.u.mu.　　　　　　單人房

ツインルーム
tsu.i.n./ru.u.mu.　　　　　　雙人房(兩床)

ダブルルーム
da.bu.ru./ru.u.mu.　　　　　　雙人房(一張大床)

キングベッドルーム
ki.n.gu.be.ddo./ru.u.mu.
　　　　　　雙人房(一張king size大床)

トリプルルーム
to.ri.bu.ru./ru.u.mu.　　　　　　三人房

フォースルーム
fo.o.su./ru.u.mu.

四人房

スイートルーム
su.i.i.to.ru.u.mu.

總統套房

和室
<ruby>和<rt>わ</rt></ruby>室
wa.shi.tsu.

和室房間

スーペリアルーム
su.u.pe.ri.a.ru.u.mu.

等級較高的房間

庭つき部屋
<ruby>庭<rt>にわ</rt></ruby>つき<ruby>部屋<rt>べや</rt></ruby>
ni.wa./tsu.ki./be.ya.

附庭園的房間

禁煙室
<ruby>禁煙室<rt>きんえんしつ</rt></ruby>
ki.n.e.n.shi.tsu.

禁菸房

喫煙室
<ruby>喫煙室<rt>きつえんしつ</rt></ruby>
ki.tsu.e.n.shi.tsu.

吸菸房

飯店設施

レストラン
re.su.to.ra.n.

餐廳

プール
pu.u.ru.

游泳池

ジム
ji.mu.

健身中心

バー
ba.a.

酒吧

フロント
fu.ro.n.to.

櫃檯

部屋
he.ya.

房間

お風呂
o.fu.ro.

浴池

露天風呂
ろ.て.ん.ぶ.ろ

ro.te.n.bu.ro.

露天温泉

サウナ室
さ.う.な.し.つ

sa.u.na.shi.tsu.

蒸氣室

ラウンジバー

ra.u.n.ji./ba.a.

酒吧

ロビー

ro.bi.i.

大廳

温泉
おんせん

o.n.se.n.

温泉

売店
ばいてん

ba.i.te.n.

商店

コインランドリー

ko.i.n.ra.n.do.ri.i.

投幣式洗衣機

自販機
じ.は.ん.き

ji.ha.n.ki.

自動販賣機

Track-031

かんこう
観光スポット
ka.n.ko.u.su.po.tto.　　　　　　　　觀光景點

こくりつこうえん
国立公園
ko.ku.ri.tsu.ko.u.e.n.　　　　　　　國家公園

せかいぶんかいさん
世界文化遺産
se.ka.i.bu.n.ka.i.sa.n.　　　　　　世界文化遺產

れきしいさん
歴史遺産
re.ki.shi.i.sa.n.　　　　　　　　　歷史古蹟

テーマパーク
te.e.ma.pa.a.ku.　　　　　　　　　主題樂園

ゆうえんち
遊園地
yu.u.e.n.chi.　　　　　　　　　　遊樂園

びじゅつかん
美術館
bi.ju.tsu.ka.n.　　　　　　　　　美術館

博物館
は く ぶ つ か ん
ha.ku.bu.tsu.ka.n.　　　　　　　　博物館

公園
こ う え ん
ko.u.e.n.　　　　　　　　公園

動物園
ど う ぶ つ え ん
do.u.bu.tsu.e.n.　　　　　　　　動物園

植物園
しょ く ぶ つ え ん
sho.ku.bu.tsu.e.n.　　　　　　　　植物園

リゾート
ri.zo.o.to.　　　　　　　　渡假樂園

温泉地
お ん せ ん ち
o.n.se.n.chi.　　　　　　　　温泉

ドーム
do.o.mu.　　　　　　　　巨蛋

競技場
きょ う ぎ じょう
kyo.u.gi.jo.u.　　　　　　　　體育場

かいすいよくじょう
海水浴場
ka.i.su.i.yo.ku.jo.u. 　　　　　　海水浴場

じんじゃ
神社
ji.n.ja. 　　　　　　　　　　　神社

てら
寺
te.ra. 　　　　　　　　　　　寺廟

しろ
城
shi.ro. 　　　　　　　　　　　城

旅遊相關　　延伸單字

みやげ
お土産
o.mi.ya.ge. 　　　　　　　　　名產

とうち
当地グルメ
to.u.chi.gu.ru.me. 　　　　　當地美食

よやく
予約
yo.ya.ku. 　　　　　　　　　　預約

見学
けんがく
ke.n.ga.ku.

見習

散策
さんさく
sa.n.sa.ku.

散步

体験
たいけん
ta.i.ke.n.

體驗

本場
ほんば
ho.n.ba.

正統、道地

穴場
あなば
a.na.ba.

鮮為人知的地點

祭り
まつ
ma.tsu.ri.

祭典

フェスティバル
fe.su.ti.ba.ru.

慶典

購物

CHAPTER.
05

デパート
de.pa.a.to.

百貨

靴屋
ku.tsu.ya.

鞋店

お土産物屋
o.mi.ya.ge.mo.no.ya.

名產店

CDショップ
si.di.sho.ppu.

唱片行

本屋
ho.n.ya.

書店

薬局
ya.kkyo.ku.

藥局

ショッピングモール
sho.ppi.n.gu.mo.o.ru.

購物中心

スーパー
su.u.pa.a. 超級市場

コンビニ
ko.n.bi.ni. 便利商店

ドラッグストア
do.ra.ggu.su.to.a. 藥妝店

デパ地下
<ruby>ち<rt></rt></ruby><ruby>か<rt></rt></ruby>
de.pa.chi.ka. 百貨地下街

めんぜいてん
免税店
me.n.ze.i.te.n. 免税商店

しょうてんがい
商店街
sho.u.te.n.ga.i. 商店街

アーケート商店街
しょうてんがい
a.a.ke.e.to./sho.u.te.n.ga.i. 有頂篷的商店街

ホームセンター
ho.o.mu./se.n.ta.a. 大型量販店

業務用スーパー
ぎょうむよう
gyo.u.mu.yo.u./su.u.pa.a.　　　　　量販中心

小売店
こうりてん
ko.u.ri.te.n.　　　　　零售店

アウトレット
a.u.to.re.tto.　　　　　暢貨中心

ショッピングセンター
sho.ppi.n.gu./se.n.ta.a.　　　　　購物中心

モール
mo.o.ru.　　　　　大型購物中心

バザー
ba.za.a.　　　　　義賣

市場
いちば
i.chi.ba.　　　　　市集

通路
tsu.u.ro.

走道

カート
ka.a.to.

手推車

かご
ka.go.

籃子

コーナー
ko.o.na.a.

區域

棚
ta.na.

貨架

勘定場
ka.n.jo.u.ba.

結帳處

お会計
o.ka.i.ke.i.

結帳櫃台

レジ
re.ji.   收銀機

うけつけ
受付
u.ke.tsu.ke.   詢問台、服務台

エレベーター
e.re.ba.e.ta.a.   電梯

エスカレーター
e.su.ka.re.e.ta.a.   手扶梯

きつえん
喫煙コーナー
ki.tsu.e.n.ko.o.na.a.   吸菸區

しっしょく
試食
shi.sho.ku.　　　　　　　　　　試吃

しちゃく
試着
shi.cha.ku.　　　　　　　　　　試穿

しじょう
試乗
shi.jo.u.　　　　　　　　　試駕、試坐

ため
お試しセット
o.ta.me..shi./se.tto.　　　　　　試用包

ため　　かかく
お試し価格
o.ta.me.shi./ka.ka.ku.　　　　試用促銷價

フィッティングルーム
fi.tti.n.gu./ru.u.mu.　　　　　　試衣間

PART.04

折扣

 Track-035

きんいつ
均一
ki.n.i.tsu.   均一價

ていか
定価
te.i.ka.   不二價

いちわりびき
一割引
i.chi.wa.ri.bi.ki.   九折

にわりびき
二割引
ni.wa.ri.bi.ki.   八折

さんわりびき
三割引
sa.n.wa.ri.bi.ki.   七折

よんわりびき
四割引
yo.n.wa.ri.bi.ki.   六折

ごわりびき
五割引
go.wa.ri.bi.ki.   五折

ろくわりびき
六割引
ro.ku.wa.ri.bi.ki.　　　　　　　　四折

ななわりびき
七割引
na.na.wa.ri.bi.ki.　　　　　　　　三折

はちわりびき
八割引
ha.chi.wa.ri.bi.ki.　　　　　　　　兩折

きゅうわりびき
九 割引
kyu.u.wa.ri.bi.ki.　　　　　　　　一折

むりょう
無料
mu.ryo.u.　　　　　　　　免費

ただ
ta.da.　　　　　　　　免費

とく
お得
o.to.ku.　　　　　　　　特價

クーポン
ku.u.po.n.　　　　　　　　優待券

チラシ
chi.ra.shi.
廣告傳單

おおうりだ
大売出し
o.o.u.ri.da.sh.
大拍賣

セール
se.e.ru.
拍賣

かんしゃまつ
感謝祭り
ka.n.sha.ma.tsu.ri.
感恩特賣

はんがく
半額
ha.n.ga.ku.
半價

した ど
下取り
shi.ta.do.ri.
折價換新

ざいこいっそう
在庫一掃セール
za.i.kko.u./i.sso.u./se.e.ru.
出清存貨

ね び
値引き
ne.bi.ki.
降價

わりびき
割引
wa.ri.bi.ki.　　　　　　　　　　　　　折扣

とくべつかかく
特別価格
to.ku.be.tsu./ka.ka.ku.　　　　　　　特別優待

わりびきたいしょうがい
割引対象外
wa.ri.bi.ki./ta.i.sho.u.ga.i.　　　　　不打折

わりびきしょうひん
割引商品
wa.ri.bi.ki./sho.u.hi.n.　　　　　　　折扣商品

バーゲンセール
ba.a.ge.n./se.e.ru.　　　　　　　　　大拍賣

げきやす
激安
ge.ki.ya.su.　　　　　　　　　　　　非常便宜

こうしょう
交渉
ko.u.sho.u.　　　　　　　　　　　　討價還價

よさん
予算オーバー
yo.sa.n./o.o.ba.a.　　　　　　　　　超出我的預算

手指物品用語

これ
ko.re.

這個

それ
so.re.

那個

あれ
a.re.

那個（物品在較遠的地方）

どれ
do.re.

哪個

どっち
do.cchi.

哪個（二選一）

どちら
do.chi.ra.

哪個（多選一）

PART.05
結帳

かいけい
お会計
o.ka.i.ke.i.

付款

げんきん
現金
ge.n.ki.n.

付現

クレジットカード
ku.re.ji.tto./ka.a.do.

信用卡

げんきん
現金のみ
ge.n.ki.n./no.mi.

只接受現金

チップ
chi.ppu.

小費

りょう
サービス料
sa.a.bi.su.ryo.u.

服務費

つ
お釣り
o.tsu.ri.

零錢

分割払い
ぶんかつばらい
bu.n.ka.tsu./ba.ra.i.

分期付款

一括払い
いっかつばらい
i.kka.tsu./ba.ra.i.

一次付清

ギフト券
けん
gi.fu.to.ke.n.

禮券

ポイントカード
po.i.n.to./ka.a.do.

集點卡

還元金
かんげんきん
ka.n.ge.n.ki.n.

現金還元

ポイント
po.i.n.to.

點數

品切れ
しなぎれ
shi.na.gi.re.

缺貨

在庫中
ざいこちゅう
za.i.ko.chu.u.

有貨

取り寄せ
と　よ
to.ri.yo.se.

調貨

予約
よやく
yo.ya.ku.

預約

先行販売
せんこうはんばい
se.n.ko.u.ha.n.ba.i.

搶先販賣

PART.07

尺寸

Track-038

サイズ
sa.i.zu.

尺碼

Lサイズ
e.ru.sa.i.zu.

大號

Mサイズ
e.mu.sa.i.zu.

中號

Sサイズ
e.su.sa.i.zu.

小號

XLサイズ
e.ku.su./e.ru./sa.i.zu.

特大號

XSサイズ
e.ku.su./e.su./sa.i.zu.

特小號

フリーサイズ
fu.ri.i.sa.i.zu.

單一尺碼

衣著

CHAPTER.
06

スーツ
su.u.tsu.　　　　　　　　　西裝／套裝

ネクタイ
ne.ku.ta.i.　　　　　　　　　領帶

ネクタイピン
ne.ku.ta.i.pi.n.　　　　　　　領帶夾

タキシード
ta.ki.shi.i.do.　　　　　　　燕尾服

<ruby>半<rt>はん</rt></ruby>ズボン
ha.n.zu.bo.n.　　　　　　　短褲

タイツ
ta.i.tsu.　　　　　　　　　　內搭褲

ヒッコリーパンツ
hi.kko.ri.i./pa.n.tsu.　　　　寬鬆的長褲

デニム
de.ni.mu.

牛仔褲

くつした
靴下
ku.tsu.shi.ta.

襪子

トレンチコート
to.re.n.chi./ko.o.to.

風衣

マント
ma.n.to.

披風

コート
ko.o.to.

外套

ワンピース
wa.n.pi.i.su.

洋裝

ドレス
do.re.su.

晚禮服

ブラウス
bu.ra.u.su.

罩衫／女上衣

タートル
ta.a.to.ru.　　　　　　　　　　高領衫

ベスト
be.su.to.　　　　　　　　　　背心

タイトスカート
ta.i.to./su.ka.a.to.　　　　　　窄裙

ストッキング
su.to.kki.n.gu.　　　　　　　褲襪

セーター
se.e.ta.a.　　　　　　　　　毛衣

きもの
着物
ki.mo.no.　　　　　　　　　和服

ゆかた
浴衣
yu.ka.ta.　　　　　　　　　夏季和服

修改衣服

サイズ
sa.i.zu.
尺寸

そで
袖
so.de.
袖子

かたはば
肩幅
ka.ta.ha.ba.
肩寬

ウェスト
we.su.to.
腰圍

すそ
裾
su.so.
下擺、褲腳

たけ
丈
ta.ke.
長度

ポケット
po.ke.tto.
口袋

すんぽうなお
寸法直し
su.n.po.u.na.o.shi.
修改

PART.02
顔色

きいろ
黄色
ki.i.ro.　　　　　　　　　　　　　　　黃色

ベージュ
be.e.ju.　　　　　　　　　　　　　　　駝色

ブラウン
bu.ra.u.n.　　　　　　　　　　　　　　棕色

ちゃいろ
茶色
cha.i.ro.　　　　　　　　　　　　　　　茶色

みどりいろ
緑色／グリーン
mi.do.ri.i.ro./gu.ri.i.n.　　　　　　　　緑色

いろ
ミント色
mi.n.to.i.ro.　　　　　　　　　　　　　薄荷色

グレー
gu.re.e.　　　　　　　　　　　　　　　灰色

ブルー
bu.ru.u.   藍色

<ruby>紺<rt>こん</rt></ruby>
ko.n.   深藍色

ネイビー
ne.i.bi.i.   海軍藍

ライトブルー
ra.i.to.bu.ru.u.   淺藍色

<ruby>紫<rt>むらさき</rt></ruby> ／パープル
mu.ra.sa.ki./pa.a.pu.ru.   紫色

<ruby>白<rt>しろ</rt></ruby>
shi.ro.   白色

オフホワイト
o.fu.ho.wa.i.to.   灰白色

アイボリー
a.i.bo.ri.i.   象牙色

赤
あか
a.ka.

紅色

真っ赤
ま か
ma.kka.

大紅

ピンク
pi.n.ku.

粉紅色

黒
くろ
ku.ro.

黑色

シルバー
shi.ru.ba.a.

銀白色

ゴールド
go.o.ru.do.

金色

鞋子種類

かわぐつ
革靴
ka.wa.gu.tsu.   皮鞋

- - - - - - - - - - - - - - - - - - - -

スニーカー
su.ni.i.ka.a.   運動鞋

- - - - - - - - - - - - - - - - - - - -

ぐつ
ペタンコ靴
pe.ta.n.ko.gu.tsu.   平底鞋

- - - - - - - - - - - - - - - - - - - -

ハイヒール
ha.i.hi.i.ru.   高跟鞋

- - - - - - - - - - - - - - - - - - - -

ブーツ
bu.u.tsu.   靴子

- - - - - - - - - - - - - - - - - - - -

ロングブーツ
ro.n.gu./bu.u.tsu.   長靴

- - - - - - - - - - - - - - - - - - - -

サンダル
sa.n.da.ru.   涼鞋

パンプス
pa.n.pu.su.

低跟船型鞋

フラットシューズ
fu.ra.tto./shu.u.zu.

平底鞋

アイゼン
a.i.ze.n.

釘鞋

下駄
げ た
ge.ta.

木屐

カジュアルシューズ
ka.ju.a.ru./shu.u.zu.

便鞋

ランニングシューズ
ra.n.ni.n.gu./shu.u.zu.

慢跑鞋

カジュアルブーツ
ka.ju.a.ru./bu.u.tsu.

休閒鞋

ワークブーツ
wa.a.ku./bu.u.tsu.

工作靴

レインブーツ
re.i.n./bu.u.tsu.　　　　　　　　雨鞋

うわば
上履き
u.wa.ba.ki.　　　　　　　學校穿的室內鞋

ルームシューズ
ru.u.mu./shu.u.zu.　　　　　　　室內鞋

スリッパ
su.ri.ppa.　　　　　　　　　　　拖鞋

鞋子的相關零件　　延伸單字。

くつぞこ
靴底
ku.tsu.zo.go.　　　　　　　　　鞋底

かかと
ka.ka.to.　　　　　　　　　　　鞋跟

くつ　　なかじ
靴の中敷き
ku.tsu.no./na.ka.ji.ki.　　　　　鞋墊

靴ひも
ku.tsu.hi.mo. 　　　　　　　　　　　　鞋帶

シューキーパー
shu.u.ki.i.pa.a. 　　　　　鞋撐／固定鞋子的支架

消臭剤
sho.u.shu.u.za.u. 　　　　　　　　　　除臭劑

マジックテープ
ma.ji.kku./te.e.pu. 　　　　　　魔術帶／黏扣帶

靴べら
ku.tsu.be.ra. 　　　　　　　　　　　　鞋拔

靴クリーム
ku.tsu.ku.ri.i.mu. 　　　　　　　　　　鞋油

ブラシ
bu.ra.shi. 　　　　　　　　　　　　　　鞋刷

かばん
ka.ba.n. 包包(男女通用)

スーツケース
su.u.tsu.ke.e.su. 行李箱、公事包

さいふ
財布
sa.i.fu. 皮夾

ハンドバッグ
ha.n.do.ba.ggu. 女用手拿包

ポーチ
po.o.chi. 化妝包

トート
to.o.to. 托特包

リュック
ryu.kku. 登山包／後背包

ショルダー
sho.ru.da.a.

肩背包

セカンドバッグ
se.ka.n.do./ba.ggu.

男用手拿包

スポーツバッグ
su.po.o.tsu./ba.ggu.

體育用品包

ボストンバッグ
bo.su.to.n./ba.ggu.

波士頓包

エコバッグ
e.ko./ba.ggu.

環保包

ランドセル
ra.n.do.se.ru.

書包

ウェストバッグ
we.su.to./ba.ggu.

腰包

ピアス
pi.a.su.

耳環

ブレスレット
bu.re.su.re.tto.

手環

ピン
pi.n.

別針/髮夾

リング
ri.n.gu.

戒指

ペアリング
pe.a.ri.n.gu.

對戒

ネックレス
ne.kku.re.su.

項鏈

ペンダント
pe.n.da.n.to.

項鏈的墜子

ブローチ
bu.ro.o.chi.　　　　　　　　　　　　胸針

バングル
ba.n.gu.ru.　　　　　　　　　　　　手鐲

カチューシャ
ka.chu.u.sha.　　　　　　　　　　　髮箍

ヘアバンド
he.a.ba.n.do.　　　　　　　　　　　髮帶

ヘアクリップ
he.a.ku.ri.ppu.　　　　　　　　　　鯊魚夾

シュシュ
shu.shu.　　　　　　　　　　　　　髮圈

ヘアゴム
he.a.go.mu.　　　　　　　　　綁頭髮的橡皮筋

アナログウォッチ
a.na.ro.gu.wo.cchi.　　　　　　　　指針錶

デジタルウォッチ
de.ji.ta.ru.wo.cchi.　　　　　　　　電子錶

うでどけい
腕時計
u.de.do.ke.i.　　　　　　　　　　手錶

貴金屬　延伸單字。

プラチナ
pu.ra.chi.na.　　　　　　　　　　鉑白金

めっき
me.kki.　　　　　　　　　　　　鍍金

じゅんきん
純金
ju.n.ki.n.　　　　　　　　　真金／赤金

きんば
金張りの
ki.n.ba.ri.no.　　　　　　　　　　包金

じゅんぎん
純銀
ju.n.gi.n.　　　　　　　　　　　純銀

ごうきん
合金
go.u.ki.n.

合金

 單字。延伸 | **寶石／珍珠**

ダイヤモンド
da.i.ya.mo.n.do.

鑽石

すいしょう
水晶／クリスタル
su.i.sho.u./ku.ri.su.ta.ru.

水晶

むらさきずいしょう
紫水晶
mu.ra.sa.ki.su.i.sho.u.

紫水晶

ほうせき
宝石
ho.u.se.ki.

寶石

ルビー
ru.bi.i.

紅寶石

ざくろいし
za.ku.ro.i.shi.

石榴石

せいぎょく
se.i.gyo.ku.

藍寶石

おうぎょく
o.u.gyo.ku.

黃寶石

じんぞうほうせき
人造宝石
ji.n.zo.o.ho.o.se.ki.

人造寶石

こはく
ko.ha.ku.

琥珀

エナメル
e.na.me.ru.

琺瑯

めのう
me.no.u.

瑪瑙

さんご
sa.n.go.

珊瑚

しんじゅ
真珠
shi.n.ju.

珍珠

てんねんしんじゅ
天然真珠
te.n.ne.n.shi.n.ju. 　　　　　　　　天然珍珠

たんすい
淡水パール
ta.n.su.i.pa.a.ru. 　　　　　　　　　淡水珍珠

ほんしんじゅ
本真珠
ho.n.shi.n.ju. 　　　　　　　　　　　真的珍珠

もぞうしんじゅ
模造真珠
mo.zo.u.shi.n.ju. 　　　　　　　　　人造珍珠

つける
tsu.ke.ru.　　　　　　　　　　擦（香水）

こうすい
香水
ko.u.su.i.　　　　　　　　　　香水

オーデコロン
o.o.de.ko.ro.n.　　　　　　　　古龍水

アフターシェーブローション
a.fu.ta.a.she.bu.ro.o.sho.n.　　　鬍後水

におい
ni.o.i.　　　　　　　　　　　氣味

うす
薄い
u.su.i.　　　　　　輕微的不知不覺的

こ
濃い
ko.i.　　　　　　　　　　強烈的

パルファン
pa.ru.fa.n.   濃香水

オードパルファン
o.o.do.pa.ru.fa.n.   香水香氛（濃度較香精低）

オードトワレ
o.o.do.to.wa.re.   淡香水（濃度較香水低）

フレグランス
fu.re.gu.ra.n.su.   香味

フレッシュ
fu.re.sshu.   清新

<ruby>天然香料<rt>てんねんこうりょう</rt></ruby>

天然香料
te.n.ne.n.ko.u.ryo.u.   天然香料

<ruby>合成香料<rt>ごうせいこうりょう</rt></ruby>

合成香料
ko.u.se.i.ko.u.ryo.u.   合成香料

アロマ
a.ro.ma.   精油

彩妝保養

CHAPTER.
07

PART.01

臉部保養

けしょうすい
化粧水
ke.sho.u.su.i.   化妝水

ローション
ro.o.sho.n.   化妝水凝露

ミルク
mi.ru.ku.   乳液

エッセンス／セラム
e.sse.n.su./se.ra.mu.   精華液

モイスチャー
mo.i.su.cha.a.   保濕霜

リッチクリーム
ri.cchi.ku.ri.i.mu.   乳霜

アイジェル
a.i.je.ru.   眼部保養凝膠

リップモイスト
ri.ppu.mo.i.su.to.　　　　　護唇膏

リップクリーム
ri.ppu.ku.ri.i.mu.　　　　　護唇油

スキンウォーター
su.ki.n.wo.o.ta.a.　　　臉部保濕噴霧

パック／マスク
pa.kku./ma.su.ku.　　　　　面膜

せんがんりょう
洗顔料
se.n.ga.n.ryo.u.　　　　　洗面乳

せっけん
石鹸
se.kke.n.　　　　　香皂

せんがん
洗顔フォーム
se.n.ga.n.fo.o.mu.　　　　　洗面乳

クレンジングオイル
ku.re.n.ji.n.gu./o.i.ru.　　　卸妝油

クレンジングフォーム

ku.re.n.ji.n.gu./fo.o.mu.　　　卸妝乳

メイク落としシート

me.i.ku.o.to.shi./shi.i.to.　　　卸妝紙巾

アイメイククレンジング

a.i.me.i.ku./ku.re.n.ji.n.gu.　　　眼部卸妝油

油 とり紙

a.bu.ra./to.ri./ga.mi.　　　吸油面紙

延伸　膚質

オイリー肌

o.i.ri.i.ha.da.　　　油性膚質

ドライ肌／乾燥肌

do.ra.i.ha.da./ka.n.so.u.ha.da.　　　乾性膚質

混合肌

ko.n.go.u.ha.da.　　　混合性膚質

びんかんはだ
敏感肌
bi.n.ka.n.ha.da.　　　　　　　　敏感型膚質

ヒアルロン酸（さん）
hi.a.ru.ro.n.sa.n.　　　　　　　　玻尿酸

- - - - - - - - - - - - - - - - - - - -

ローヤルゼリー
ro.o.ya.ru.ze.ri.i.　　　　　　　　蜂王膠

- - - - - - - - - - - - - - - - - - - -

ビタミンC
bi.ta.mi.n.shi.　　　　　　　　　維他命C

- - - - - - - - - - - - - - - - - - - -

こうぼ
酵母エキス
ko.u.bo.e.ki.su.　　　　　　　　酵母精華

- - - - - - - - - - - - - - - - - - - -

コラーゲン
ko.ra.a.ge.n.　　　　　　　　　膠原蛋白

メイクアップベース
me.i.ku.a.ppu.be.e.su.　　　隔離霜/隔離乳

パウダーファンデーション
pa.u.da.a./fa.n.de.e.sho.n.　　　粉餅

リキッドファンデーション
ri.ki.ddo./fa.n.de.e.sho.n.　　　粉底液

スティックファンデーション
su.ti.kku./fa.n.de.e.sho.n.　　　條狀粉底

りょうよう
両用タイプ
ryo.u.yo.u.ta.i.pu.　兩用粉餅(可乾濕兩用的粉餅)

フェイスパウダー
fe.i.su.pa.u.da.a.　　　蜜粉

アイライナー
a.i.ra.i.na.a.　　　眼線眼線筆

リッキドアイライナー
ri.kki.do./a.i.ra.i.na.a.　　　　　眼線液

アイシャドー
a.i.sha.do.o.　　　　　眼影

クリーミィアイシャドー
ku.ri.i.mi./a.i.sha.do.o.　　　　　眼彩

マスカラ
ma.su.ka.ra.　　　　　睫毛膏

つけまつげ
tsu.ke.ma.tsu.ge.　　　　　假睫毛

ブロウパウダー
bu.ro.u.pa.u.da.a.　　　　　眉粉

アイブロウペンシル
a.i.bu.ro.u./pe.n.shi.ru.　　　　　眉筆

ウォータープルーフ
o.o.ta.a.pu.ru.u.fu.　　　　　防水

チークカラー
chi.i.ku.ka.ra.a.　　　　　　　腮紅

リップライナー
ri.ppu.ra.i.na.a.　　　　　　　唇線筆

リップグロス
ri.ppu.gu.ro.su.　　　　　　　唇彩

リップスティック
ri.ppu.su.ti.kku.　　　　　　　口紅

ブラシ
bu.ra.shi.　　　　　　　刷具

シャープナー
sha.a.pu.na.a.　　　　　　　削筆器

アイシャドウブラシ
a.i.sha.do.u./bu.ra.shi.　　　　眼影刷

アイブロウブラシ
a.i.bu.ro.u./bu.ra.shi.　　　　眉刷

ビューラー
bu.u.ra.a. 睫毛夾

チークブラシ
chi.i.ku.bu.ra.shi. 腮紅刷

リップメークアップブラシ
ri.ppu.me.e.ku.a.ppu./bu.ra.shi. 口紅刷

パフ
pa.fu. 粉撲

スポンジ
su.po.n.ji. 海綿

めんぼう
綿棒
me.n.bo.u. 棉花棒

けしょうよう　　　　わた
化粧用カット綿
ke.sho.u.yo.u./ka.tto.me.n. 化妝棉

PART.03
身體保養

▶ Track-047

ベビーオイル
be.bi.i.o.i.ru.　　　　　　　　嬰兒油

バスソルト
ba.su.so.ru.to.　　　　　　　　浴鹽

ボディシャンプー
bo.di.sha.n.pu.u.　　　　　　　沐浴乳

ボディソープ
bo.di.so.o.pu.　　　　　　　　沐浴乳

ボディローション
bo.di.ro.o.sho.n.　　　　　　　身體乳液

にゅうよくざい
入浴剤
nyu.u.yo.ku.za.i.　　　泡澡用粉末／泡澡用液體

スクラブクリーム
su.ku.ra.bu./ku.ri.i.mu.　　　　磨砂膏

パウダースプレー

pa.u.da.a./su.pu.re.e.

爽身噴霧

日焼け止め

hi.ya.ke.do.me.

防晒／防晒乳

日焼け止めミルク

hi.ya.ke.do.me./mi.ru.ku.

防晒乳

日焼けローション

hi.ya.ke./ro.o.sho.n.

助晒劑

クールローション

ku.u.ru./ro.o.sho.n.

晒後鎮定乳液

PART.04

頭髪保養

Track-048

シャンプー
sha.n.pu.u.　　　　　　　　　　洗髮精

コンディショナー
ko.n.di.sho.na.a.　　　　　　　潤髮乳

トリートメント
to.ri.i.to.me.n.to.　　　　　　護髮乳

ヘアマスク
he.a.ma.su.ku.　　　　　　　　髮膜

延伸　髮質
單字。

パサつき髪
かみ
pa.sa.tsu.ki.ka.mi.　　　　　毛燥髮質

さらさら
sa.ra.sa.ra.　　　　　　　　　滑順

えだげ
e.da.ge.　　　　　　　　　　　　分岔

切れ毛
ki.re.ge.　　　　　　　　　　　　断裂分岔

ダメージヘア
da.me.e.ji.he.a.　　　　　　　　受損髮質

乾燥毛
ka.n.so.u.ge.　　　　　　　　　乾燥的頭髮

傷んだ髪
i.ta.n.da.ka.mi.　　　　　　　　受損髮質

くせ毛
ku.se.ge.　　　　　　　　　　　自然捲的頭髮

ねこ毛
ne.ko.ge .　　　　　　　　　　細軟髮質的頭髮

天然パーマ
te.n.ne.n.pa.a.ma.　　　　　　　自然捲

ストレート
su.to.re.e.to.　　　　　　　　　直髪

寝癖
ねぐせ
ne.gu.se.　　　　　　　　睡相、睡亂的頭髮

延伸
單字。
頭髮長度造型

ロング
ro.n.gu.　　　　　　　　　　　　長髪

セミロング
se.mi.ro.n.gu.　　　　　　　　　中長髪

ショート
sho.o.to.　　　　　　　　　　　短髪

ストレート
su.to.re.e.to.　　　　　　　　　直髪

パーマ
pa.a.ma.　　　　　　　　　　　捲髪

PART.05
頭髪造型方式

パーマ
pa.a.ma.　　　　　　　　　　　　　燙髮

ブロー
bu.ro.o.　　　　　　　　　　　　　吹整

カラー
ka.ra.a.　　　　　　　　　　　　　染髮

<ruby>少<rt>すこ</rt></ruby>し <ruby>整<rt>ととの</rt></ruby>える
su.ko.shi./to.to.no.e.ru.　　　　　修剪

レイヤーカット
re.i.ya.a.ka.tto.　　　　　　　　　打層次

カット
ka.tto.　　　　　　　　　　　　　剪髮

つむじ
tsu.mu.ji.　　　　　　　　　　　　髮旋

もみあげ
mo.mi.a.ge. 鬢角

分ける
wa.ke.ru. 分邊

はえぎわ
ha.e.gi.wa. 髮際線

トリートメント
to.ri.i.to.me.n.to. 護髮

スタイリング
su.ta.i.ri.n.gu. 做造型

シャンプー
sha.n.pu.u. 洗髮

スキャルプトリートメント
su.kya.ru.pu./to.ri.i.to.me.n.to. 健髮

ワックス
wa.kku.su.

髪蠟

スプレー
su.pu.re.e.

造型噴霧

ムース
mu.u.su.

慕絲

ホットカーラー
ho.tto./ka.a.ra.a.

捲髮器

カール
ka.a.ru.

髮捲

ヘアアイロン
he.a./a.i.ro.n.

髮鉗

でんどう
電動かみそり
de.n.do.u./ka.mi.so.ri.

電推剪

ブラシ
bu.ra.shi. 梳子

ストレートアイロン
su.to.re.e.to./a.i.ro.n. 平板夾

ドライヤー
do.ra.i.ya.a. 吹風機

前髪止め
ma.e.ga.mi.do.me. 瀏海便利魔法氈

髪型
ka.mi.ga.ta. 髮型

コーンロウ
ko.o.n.ro.u. 編髮

五分刈り
go.bu.ka.ri. 五分頭

角刈り
かくが

ka.ku.ga.ri.

平頭

丸刈り
まるが

ma.ru.ga.ri.

光頭

前髪
まえがみ

ma.e.ga.mi.

瀏海

アフロ

a.fu.ro.

爆炸頭

ショートヘア

sho.o.to.he.a.

短髮

ロングヘア

ro.n.gu.he.a.

長髮

セミロング

se.mi.ro.n.gu.

中長髮

ポニーテール

po.ni.i.te.e.ru.

馬尾

ぱっつん
pa.ttsu.n.　　　　　　　　　　剪齊的瀏海

マッシュルームカット
ma.sshu.ru.u.mu./ka.tto.　　　磨菇頭

三つ編み
みっ　あ
mi.ttsu.a.mi.　　　　　　　　辮子

おだんごヘア
o.da.n.go.he.a.　　　　女生盤在頭上的髮髻

まげ
ma.ge.　　　　　　　　　　　髮髻

はげ
ha.ge.　　　　　　　　　　　禿頭

ウィット
u.i.tto.　　　　　　　　　　　假髮

七三分け
しちさんわ
shi.chi.sa.n.wa.ke.　　　　七三分西裝頭

剪髮相關

びょうし
美容師
bi.yo.u.shi.

美髮師

ヘアサロン
he.a.sa.ro.n.

美髮沙龍

びようしつ
美容室
bi.yo.u.shi.tsu.

美髮院

とこや
床屋
to.ko.ya.

理髮廳

やぎひげ
ya.gi.hi.ge.

山羊鬍

フルフェイス
fu.ru.fe.i.su.

大鬍子

ほうひげ
ho.u.hi.ge.

落腮鬍

どじょうひげ
do.jo.u.hi.ge.

兩撇小鬍子

ちょびひげ
cho.bi.hi.ge.

只有人中部分的鬍子

カイゼルひげ
ka.i.ze.ru.hi.ge.

軍人鬍

ぶしょう
無精ひげ
bu.sho.u.hi.ge.

殘鬚鬍渣

ラウンドひげ

ra.u.n.do.hi.ge. 在嘴邊繞成圓形的鬍子

くちひげ

ku.chi.hi.ge. 嘴巴上方的鬍子

<ruby>口<rt>くち</rt></ruby>**ひげ**

ku.chi.hi.ge. 嘴唇上方的鬍子

あごひげ

a.go.hi.ge. 下巴的鬍子

ほほひげ

ho.ho.hi.ge. 臉頰的鬍子

終極 日文單字 1000

飲食

CHAPTER.

08

PART.01

水果

Track-053

トマト
to.ma.to.

蕃茄

レモン
re.mo.n.

檸檬

もも
mo.mo.

桃子

オレンジ
o.re.n.ji.

橙

みかん
mi.ka.n.

柑橘

さくらんぼ
sa.ku.ra.n.bo.

櫻桃

青りんご
あお
a.o.ri.n.go.

黃綠蘋果

りんご
ri.n.go.　　　　　　　　　　　　　蘋果

- -

なし
na.shi.　　　　　　　　　　　　　梨子

- -

バナナ
ba.na.na.　　　　　　　　　　　　香蕉

- -

ぶどう
bu.do.u.　　　　　　　　　　　　葡萄

- -

メロン
me.ro.n.　　　　　　　　　　　　哈蜜瓜

- -

キウイ
ki.u.i.　　　　　　　　　　　　　奇異果

- -

パイナップル
pa.i.na.ppu.ru.　　　　　　　　　鳳梨

- -

グレープフルーツ
gu.re.e.pu.fu.ru.u.tsu.　　　　　葡萄柚

イチジク
i.chi.ji.ku.

無花果

いちご
i.chi.go.

草莓

マンゴ
ma.n.go.

芒果

ドラゴンフルーツ
do.ra.go.n./fu.ru.u.tsu.

火龍果

スターフルーツ
su.ta.a.fu.ru.u.tsu.

楊桃

びわ
bi.wa.

枇杷

ドリアン
do.ri.a.n.

榴槤

PART.02

肉類

ぶたにく
豚肉
bu.ta.ni.ku.   豬肉

ロース
ro.o.su.   里肌肉

ヒレ
hi.re.   腰內肉

ばら肉
ばら肉
ba.ra.ni.ku.   五花肉

ひき肉
ひき肉
hi.ki.ni.ku.   絞肉

レバー
re.ba.a.   豬肝

ベーコン
be.e.ko.n.   培根

ソーセージ
so.o.se.e.ji.   香腸

カルビ
ka.ru.bi.   牛（豬）小排

ビーフ
bi.i.fu.   牛肉

<ruby>牛 肉<rt>ぎゅうにく</rt></ruby>
牛 肉
gyu.u.ni.ku.   牛肉

<ruby>頬 肉<rt>ほおにく</rt></ruby>
頬 肉
ho.o.ni.ku.   臉頰肉

<ruby>牛<rt>ぎゅう</rt></ruby>
牛 タン
gyu.u.ta.n.   牛舌

<ruby>牛 筋<rt>ぎゅうすじ</rt></ruby>
牛 筋
gy.u.su.ji.   牛筋

<ruby>玉子<rt>たまご</rt></ruby>
玉子
ta.ma.go.   蛋

とりにく
鶏肉
to.ri.ni.ku.　　　　　　　　　　　　　雞肉

にく
もも肉
mo.mo.ni.ku.　　　　　　　　　　　　大雞腿

ささみ
sa.sa.mi.　　　　　　　　　　　　　　雞胸肉

て ば さ き
手羽先
ta.ba.sa.ki.　　　　　　　　　　　　雞翅膀

かも
ka.mo.ni.ku.　　　　　　　　　　　　鴨肉

ラム
ra.mu.　　　　　　　　　　　　　　　羊肉

ば にく
馬肉
ba.ni.ku.　　　　　　　　　　　　　　馬肉

ハム
ha.mu.　　　　　　　　　　　　　　　火腿

いせえび
i.se.e.bi.　　　　　　　　　　龍蝦

えび
e.bi.　　　　　　　　　　蝦

あまえび
a.ma.e.bi.　　　　　　　　　　甜蝦

むきえび
mu.ki.e.bi.　　　　　　　　　　蝦仁

車えび
ku.ru.ma.e.bi.　　　　　　　　　　大蝦

干しえび
ho.shi.e.bi.　　　　　　　　　　蝦米

しらす
shi.ra.su.　　　　　　　　　　魩仔魚

かに
ka.ni.
蟹蟹

かまぼこ
ka.ma.bo.ko.
魚板

かき
ka.ki.
牡蠣

ほたて
ho.ta.te.
帆立貝

たら
ta.ra.
鱈魚

たらこ
ta.ra.ko.
鱈魚子

めんたいこ
明太子
me.n.ta.i.ko.
明太子

いくら
i.ku.ra.
鮭魚子

マグロ
ma.gu.ro. 鮪魚

たい
ta.i. 鯛魚

ひらめ
hi.ra.me. 比目魚

さば
sa.ba. 鯖

さけ
sa.ke. 鮭

うなぎ
u.na.gi. 鰻

たこ
ta.ko. 章魚

いか
i.ka. 花枝

スモークサーモン
su.mo.o.ku.sa.a.mo.n.　　　　　　　　燻鮭魚

干^ほし魚^{うお}

干し魚
ho.shi.u.o.　　　　　　　　　　　　　　魚乾

昆布^{こんぶ}

昆布
ko.n.bu.　　　　　　　　　　　　　　　海帯

ふぐ
fu.gu.　　　　　　　　　　　　　　　　河豚

あなご
a.na.go.　　　　　　　　　　　　　　　星鰻

あゆ
a.yu.　　　　　　　　　　　　　　　　　香魚

はまぐり
ha.ma.gu.ri.　　　　　　　　　　　　　蛤蜊

蔬菜

しいたけ
shi.i.ta.ke.

香菇

しめじ
shi.me.ji.

滑菇

じゃがいも
ja.ga.i.mo.

馬鈴薯

にんじん
ni.n.ji.n.

紅蘿蔔

だいこん
大根
da.i.ko.n.

白蘿蔔

ほうれん草
ho.u.re.n.so.u.

菠菜

キャベツ
kya.be.tsu.

高麗菜

きゅうり
kyu.u.ri.　　　　　　　　　　小黄瓜

ブロッコリ
bu.ro.kko.ri.　　　　　　　　緑色花椰菜

ピーマン
pi.i.ma.n.　　　　　　　　　青椒

なす
na.su.　　　　　　　　　　茄子

セロリ
se.ro.ri.　　　　　　　　　芹菜

<ruby>白菜<rt>はくさい</rt></ruby>
ha.ku.sa.i.　　　　　　　　大白菜

レタス
re.ta.su.　　　　　　　　　萵苣

とうもろこし／コーン
to.u.mo.ro.ko.shi./ko.o.n.　　玉米

長ねぎ
<ruby>長<rt>なが</rt></ruby>ねぎ
na.ga.ne.gi.

大蔥

かぶ
ka.bu.

蕪菁

おくら
o.ku.ra.

秋葵

黒豆
<ruby>黒豆<rt>くろまめ</rt></ruby>
ku.ro.ma.me.

黑豆

グリーンピース
gu.ri.i.n.pi.i.su.

碗豆

さといも
sa.to.i.mo.

小芋頭

たろいも
ta.ro.i.mo.

大芋頭

さつまいも
sa.tsu.ma.i.mo.

蕃薯

_{しお}塩
shi.o.

鹽

_{さ とう}砂糖
sa.to.u.

糖

_{くろざ とう}黒砂糖
ku.ro.za.to.u.

黑糖

_{こなざ とう}粉砂糖
ko.na.za.to.u.

糖粉糖霜

こしょう
ko.sho.u.

胡椒粉

スパイス
su.pa.i.su.

香料

ケチャップ
ke.cha.ppu.

蕃茄醬

山しょう
さん

sa.n.sho.u.

山椒

しょうゆ
sho.u.yu.

醬油

唐辛子
とうがらし

to.u.ka.ra.shi.

辣椒

マスタード
ma.su.ta.a.do.

芥末

酢
す

su.

醋

シナモン
shi.na.mo.n.

肉桂

チーズ
chi.i.zu.

起司

ジャム
ja.mu.

果醬

バター
ba.ta.a.a.

奶油

キャビア
kya.bi.a.

魚子醬

しょうが
sho.u.ga.

薑

ねぎ
ne.gi.

蔥

たまねぎ
ta.ma.ne.gi.

洋蔥

にんにく
ni.n.ni.ku.

大蒜

バジル／バジリコ
ba.ji.ru./ba.ji.ri.ko.

羅勒

ごま 油
あぶら

go.ma.a.bu.ra.

麻油

オイスターソース
o.i.su.ta.a.so.o.su.

蠔油

オリーブ油
o.ri.i.bu.yu.

橄欖油

ごま
go.ma.

芝麻

七味
shi.chi.mi.

七味粉

一味唐辛子
i.chi.mi./to.u.ga.ra.shi.

辣椒粉

ソース
so.o.su.

醬汁（較濃稠的）

たれ
ta.re.

醬汁（較稀的）

ごはん
go.ha.n.

米飯

めん
me.n.

麵條

<ruby>春雨<rt>はるさめ</rt></ruby>
ha.ru.sa.me.

冬粉

すし
su.shi.

壽司

肉まん
ni.ku.ma.n.

肉包子

おにぎり
o.ni.gi.ri.

飯糰

<ruby>焼<rt>や</rt></ruby>き<ruby>鳥<rt>とり</rt></ruby>
ya.ki.to.ri.

烤雞肉

鳥の唐揚げ
とり　からあ

to.ri.no./ka.ra.a.ge.

炸雞

すき焼き
や

su.ki.ya.ki.

壽喜燒

カツ丼
どん

ka.tsu.do.n.

豬排飯

丼もの
どん

do.n.mo.no.

丼飯

ラーメン

ra.a.me.n.

拉麵

餃子
ぎょうざ

gyo.u.za.

煎餃

うどん

u.do.n.

烏龍麵

そば

so.ba.

蕎麥麵

カレー
ka.re.e.

咖哩

オムライス
o.mu.ra.i.su.

蛋包飯

ハンバーグ
ha.n.ba.a.gu.

漢堡排

野菜炒め
ya.sa.i.i.ta.me.

炒綜合蔬菜

チャーハン
cha.a.ha.n.

炒飯

天ぷら
te.n.pu.ra.

炸物

生姜焼き
sho.u.ga.ya.ki.

薑燒豬肉

焼き魚
ya.ki.za.ka.na.

烤魚

豚の角煮
ぶた かくに
bu.ta.no./ka.ku.ni.　　滷豬肉、東坡肉

親子丼
おやこどん
o.ya.ko.do.n.　　親子丼

うな重
じゅう
u.na.ju.u.　　鰻魚飯

焼きそば
や
ya.ki.so.ba.　　炒麵

焼肉
やきにく
ya.ki.ni.ku.　　烤肉

豚汁
とんじる
to.n.ji.ru.　　豬肉蔬菜湯

パスタ
pa.su.ta.　　義大利麵

刺身
さしみ
sa.shi.mi.　　生魚片

鍋
な.べ
na.be.

火鍋

さばの味噌煮
み.そ.に
sa.ba./no./mi.so.ni.

味噌鯖魚

ビビンバ
bi.bi.n.ba.

石鍋拌飯

お寿司
す.し
o.su.shi.

壽司

コロッケ
ko.ro.kke.

可樂餅

玉子焼き
た.ま.ご.や
ta.ma.go.ya.ki.

玉子燒、煎蛋捲

酸甜苦辣

あまい
a.ma.i.

甜

しょっぱい
sho.ppa.i.

鹹

しおからい
shi.o.ka.ra.i.

鹹

すっぱい
su.ppa.i.

很酸

さんみ
酸味
sa.n.mi.

酸

あま
甘ずっぱい
a.ma.su.ppa.i.

酸酸甜甜

から
辛い
ka.ra.i.

辣

ピリ辛
pi.ri.ka.ra.   微辣

激辛
ge.ki.ka.ra.   超辣

苦い
ni.ga.i.   苦

辛口
ka.ra.ku.chi.   辣味的

甘口
a.ma.ku.chi.   不辣的

形容口感　延伸單字。

もちもち
mo.chi.mo.chi.   彈牙有嚼勁的

ぱりぱり
pa.ri.pa.ri.   酥脆的

さくさく
sa.ku.sa.ku.

鬆脆的

さっぱり
sa.ppa.ri.

很清爽

<ruby>柔<rt>やわ</rt></ruby>らかい
ya.wa.ra.ka.i.

很嫩的

ふわふわ
fu.wa.fu.wa.

鬆軟的

のうこう
no.u.ko.u.

濃郁的

とろとろ
to.ro.to.ro.

黏糊糊的

<ruby>硬<rt>かた</rt></ruby>い
ka.ta.i.

硬的

ジューシー
ju.u.shi.i.

多汁的

あぶらっぽい
bu.ra.ppo.i.

油膩的

プリプリ
pu.ri.pu.ri.

有彈性

プリっと
pu.ri.tto.

有彈性

もちもち
mo.chi.mo.chi.

有嚼勁、很Q

もっちり
mo.cchi.ri.

有嚼勁、很Q

ネバネバ
ne.ba.ne.ba.

黏呼呼

とろける
to.ro.ke.ru.

入口即溶

ピリピリ
pi.ri.pi.ri.

辣辣的、刺刺的

熱い
あつ

a.tsu.i.　　　　　　　　　　　　　　　　　熱的

冷たい
つめ

tsu.me.ta.i.　　　　　　　　　　　　　　冷的、冰的

シャキシャキ

sha.ki.sha.ki.　　　　　　　　　　　　　脆脆的

PART.08
表達好吃／難吃

おいしい
o.i.shi.i.

美味極了

うまい
u.ma.i.

好吃

悪くない
わる
wa.ru.ku.na.i.

味道不錯

いい
i.i.

好

いい匂い
にお
i.i.ni.o.i.

很香

おいしそう
o.i.shi.so.u.

看起來很好吃

おいしくない
o.i.shi.ku.na.i.

不好吃

まずい
ma.zu.i.

難吃

気持ち悪い
ki.mo.chi.wa.ru.i.

好噁心

まあまあ
ma.a.ma.a.

還好

変な味
he.n.na.a.ji.

奇怪的味道

薄い
u.su.i.

沒味道

臭い
ku.sa.i.

很臭

ゆでる
yu.de.ru.

水煮

焼く
ya.ku.

煎

揚げる
a.ge.ru.

炸

いためる
i.ta.me.ru.

炒

湯通しする
yu.do.o.shi.su.ru.

汆燙

煮る
ni.ru.

燉的

ぐつぐつ煮る
gu.tsu.gu.tsu.ni.ru.

文火燉煨

蒸す
む
mu.su.

蒸

燻製
くんせい
ku.n.se.i.

煙燻

あぶり
a.bu.ri.

用火稍微烤過

水を切る
みず　き
mi.zu.o.ki.ru.

瀝乾

干す
ほ
ho.su.

晒乾

冷ます
さ
sa.ma.su.

冰鎮

漬ける
つ
tsu.ke.ru.

醃漬

炊く
た
ta.ku.

蒸煮

レア
re.a.

只煎表面，裡面是生的

ミディアムレア
mi.di.a.mu.re.a.

三分熟

ミディアム
mi.di.a.mu.

五分熟

ミディアムウェル
mi.di.a.mu.we.ru.

七分熟

ウェル
we.ru.

近全熟

ウェルダン
we.ru.da.n.

全熟

焼き加減
ya.ki.ka.ge.n.

熟度

よく焼く
yo.ku.ya.ku.　　　　　　　　　　煎熟

延伸單字。　蛋的煮法

スクランブル
su.ku.ra.n.bu.ru.　　　　　　　　美式炒蛋

- -

目玉焼き
me.da.ma.ya.ki.　　　　　　　　　荷包蛋

- -

両面焼き
ryo.u.me.n.ya.ki.　　　　　　　　兩面煎

- -

片面焼き
ka.ta.me.n.ya.ki.　　　　　　　　單面煎

- -

半熟
ha.n.ju.ku.　　　　　　　　　　　半熟

- -

生半熟
na.ma.ha.n.ju.ku.　　　　近生的半熟(蛋黃會流動)

ゆで玉子
<ruby>玉子<rt>たまご</rt></ruby>
yu.de.ta.ma.go.

水煮蛋

茶碗蒸し
<ruby>茶碗蒸<rt>ちゃわんむ</rt></ruby>
cha.wa.n.mu.shi.

蒸蛋

オムレツ
o.mu.re.tsu.

煎蛋捲

温泉玉子
<ruby>温泉玉子<rt>おんせんたまご</rt></ruby>
o.n.se.n.ta.ma.go.

溫泉蛋

玉子焼き
<ruby>玉子焼<rt>たまごや</rt></ruby>
ta.ma.go.ya.ki.

日式煎蛋

玉子かけご飯
<ruby>玉子<rt>たまご</rt></ruby>　<ruby>飯<rt>はん</rt></ruby>
ta.ma.go.ka.ke.go.ha.n.

生蛋拌飯

PART.10
甜點相關單字

プリン
pu.ri.n.　　　　　　　　　布丁

ソフト
so.fu.to.　　　　　　　　霜淇淋

アイス
a.i.su.　　　　　　　　　冰淇淋

チョコレート
cho.ko.re.e.to.　　　　　巧克力口味

いちご
i.chi.go.　　　　　　　　草莓口味

ピーチ
pi.i.chi.　　　　　　　　桃子口味

バナナ
ba.na.na.　　　　　　　　香蕉口味

マンゴー
ma.n.go.o.　　　　　　　　　　　　芒果口味

バニラ
ba.ni.ra.　　　　　　　　　　　　香草口味

まっちゃ
抹茶
ma.ccha.　　　　　　　　　　　　抹茶口味

パイ
pa.i.　　　　　　　　　　　　餡餅

アップルパイ
a.ppu.ru.pa.i.　　　　　　　　　蘋果派

タルト
ta.ru.to.　　　　　　　水果餡餅／水果塔

ケーキ
ke.e.ki.　　　　　　　　　　　　蛋糕

ショートケーキ
sho.o.to.ke.e.ki.　　　　　　　草莓蛋糕

ワッフル
wa.ffu.ru.
鬆餅

ゼリー
ze.ri.i.
果凍

たい焼き
ta.i.ya.ki.
鯛魚燒

大学いも
da.i.ga.ku.i.mo.
拔絲地瓜

クッキー
ku.kki.i.
餅乾

ビスケット
bi.su.ke.tto.
小餅乾

ぜんざい
ze.n.za.i.
紅豆湯

飴
a.me.
糖果

饅頭
<ruby>饅 頭<rt>まんじゅう</rt></ruby>
ma.n.ju.u.　　　　　　　　口式甜餡餅

シュークリーム
shu.u.ku.ri.i.mu.　　　　　　泡芙

わらびもち
wa.ra.bi.mo.chi.　　　　　　蕨餅

大福
<ruby>大福<rt>だいふく</rt></ruby>
da.i.fu.ku.　　　　　　　　包餡的麻薯

団子
<ruby>団子<rt>だんご</rt></ruby>
da.n.go.　　　　　　　　麻薯丸子

カステラ
ka.su.te.ra.　　　　　　蜂蜜蛋糕

チョコレート
cho.ku.re.e.to.　　　　　巧克力

もち
mo.chi.　　　　　　　麻薯

ロールケーキ
ro.o.ru.ke.e.ki.

毛巾蛋糕／蛋糕捲

チーズケーキ
chi.i.zu.ke.e.ki.

起士蛋糕

バームクーヘン
ba.a.mu.ku.u.he.n.

年輪蛋糕

クレープ
ku.re.e.pu.

可麗餅

あんにんどう ふ
杏仁豆腐
a.n.ni.n.do.u.fu.

杏仁豆腐

あん
こし餡
ko.shi.a.n.

磨得很細的紅豆餡

つぶあん
粒餡
tsu.bu.a.n.

帶顆粒的紅豆餡

ラッテ
ra.tte.　　　　　　　　　　拿鐵

エスプレッソ
e.su.pu.re.sso.　　　　　　義式濃縮

カプチーノ
ka.pu.chi.i.no.　　　　　　卡布奇諾

モカコーヒー
mo.ka.ko.o.hi.i.　　　　　　摩卡咖啡

カフェオレ
ka.fe.o.re.　　　　　　　　咖啡歐蕾

デカフェ
de.ka.fe.　　　　　　　　　低咖啡因

ていしぼう
低脂肪
te.i.shi.bo.u.　　　　　　　低脂

脱脂
だっし

da.sshi.

無脂

ブラック
bu.ra.kku.

黒咖啡

ブレンド
bu.re.n.do.

招牌咖啡

インスタントコーヒー
i.n.su.ta.n.to.ko.o.hi.i.

即溶咖啡

コーヒーミルク
ko.o.hi.i.mi.ru.ku.

牛奶咖啡

コーヒーミックス
ko.o.hi.i.mi.kku.su.

三合一咖啡

ミルク
mi.ru.ku.

奶精／牛奶

お茶
o.cha.

茶

緑茶
ryo.ku.cha.

緑茶

紅茶
ko.u.cha.

紅茶

ほうじ茶
bo.u.ji.cha.

烘焙茶

煎茶
se.n.cha.

煎茶

麦茶
mu.gi.cha.

麥茶

ウーロン茶
u.u.ro.n.cha.

烏龍茶

プーアル茶
pu.u.a.ru.cha.
漕洱茶

ジャスミンティー
ja.su.mi.n.ti.i.
茉莉花茶

アールグレイ
a.a.ru.gu.re.i.
伯爵茶

ミントティー
mi.n.to.ti.i.
薄荷茶

ラベンダーティー
ra.be.n.da.a.ti.i.
薫衣草茶

菊茶
ki.ku.cha.
菊花茶

アッサムブラックティー
a.ssa.mu.bu.ra.kku.ti.i.
阿薩姆紅茶

ミルクティー
mi.ru.ku.ti.i.
奶茶

ハーブティー
ha.a.bu.ti.i.　　　　　　　　花草茶

ラベンダー
ra.be.n.da.a.　　　　　　　　薫衣草

レモングラス
re.mo.n.gu.ra.su.　　　　　　檸檬草

ペパーミント
pe.pa.a.mi.n.to.　　　　　　　薄荷

ローズマリー
ro.o.zu.ma.ri.i.　　　　　　　迷迭香

ティーバッグ
ti.i.ba.ggu.　　　　　　　　茶袋／茶包

PART.13
其他飲料

 Track-065

ミネラルウォーター
mi.ne.ra.ru.wo.o.ta.a.　　　　礦泉水

ホットチョコレート
ho.tto.cho.ko.re.e.to.　　　　熱巧克力

ホットココア
ho.tto.ko.ko.a.　　　　熱可可亞

ジュース
ju.u.su.　　　　果汁

レモンジュース
re.mo.n.ju.u.su.　　　　檸檬汁

グレープフルーツジュース
gu.re.e.pu.fu.ru.u.tsu.ju.u.su.　　　　葡萄柚汁

オレンジジュース
o.re.n.ji.ju.u.su.　　　　柳橙汁

ミックスジュース
mi.kku.su.ju.u.su.　　　　混合水果飲料

アップルジュース
a.ppu.ru.ju.u.su.　　　　蘋果汁

パイナップルジュース
pa.i.na.ppu.ru.ju.u.su.　　　　鳳梨汁

やさい
野菜ジュース
ya.sa.i.ju.u.su.　　　　蔬菜汁

にゅうさんきんいんりょう
乳酸菌飲料
nyu.u.sa.n.ki.n.i.n.ryo.u.　　　　乳酸飲料

ぎゅうにゅう
牛乳
gyu.u.nyu.u.　　　　牛奶

PART. 14

Track-066

氣泡飲料

炭酸水
たんさんすい
ta.n.sa.n.su.i.   碳酸飲料

ペプシ
pe.pu.shi.   百事可樂

ダイエットペプシ
da.i.e.tto.pe.pu.shi.   無糖百事可樂

セブンアップ
se.bu.n.a.ppu.   七喜

コカコーラゼロ
ko.ka.ko.o.ra.ze.ro.   零卡可樂

コカコーラ
ko.ka.ko.o.ra.   可口可樂

スプライト
su.pu.ra.i.to.   雪碧

ファンタ
fa.n.ta.　　　　　　　　　　芬達

サイダー
sa.i.da.a.　　　　　　　　　汽水

ソーダ
so.o.da.　　　　　　　　　　蘇打水

ラムネ
ra.mu.ne.　　　　　　　　　彈珠汽水

メロンサイダー
me.ro.n.sa.i.da.a.　　　　哈密瓜汽水

PART. 15
酒類

ビール
bi.i.ru.　　　　　　　　　　　啤酒

ライトビール
ra.i.to.bi.i.ru.　　　　　　　　淡啤酒

生ビール
<ruby>生<rt>なま</rt></ruby>ビール
na.ma.bi.i.ru.　　　　　　　　生啤酒

黒ビール
<ruby>黒<rt>くろ</rt></ruby>ビール
ku.ro.bi.i.ru.　　　　　　　　黑啤酒

発泡酒
<ruby>発泡酒<rt>はっぽうしゅ</rt></ruby>
ha.ppo.u.shu.　　　　　　　　發泡酒

シャンパン
sha.n.pa.n.　　　　　　　　　香檳酒

チューハイ
chu.u.ha.i.　　　　酒精含量較低的調味酒

ワイン
wa.i.n.　　　　　　　　　　　　　紅酒

しろ
白ワイン
shi.ro.wa.i.n.　　　　　　　　　　白酒

じょうぞうしゅ
醸 造 酒
jo.u.zo.u.shu.　　　　　　　　　　醸造酒

じょうりゅうしゅ
蒸 留 酒
jo.u.ryu.u.shu.　　　　　　　　　蒸餾酒

こんせいしゅ
混成酒
ko.n.se.i.shu.　　　　　　　　　　混合酒

カクテル
ka.ku.te.ru.　　　　　　　　　　　雞尾酒

しょうちゅう
焼 酎
sho.u.chu.u.　　　　　　　　　　蒸餾酒

うめしゅ
梅酒
u.me.shu.　　　　　　　　　　　梅酒

酒
さけ
sa.ke. 清酒

シェリー
she.ri.i. 雪利酒

マティーニ
ma.ti.i.ni. 馬丁尼

ベルモット
be.ru.mo.tto. 苦艾酒

ウイスキー
u.i.su.ki.i. 威士忌

ブランデー
bu.ra.n.de.e. 白蘭地

スコッチウイスキー
su.ko.cchi.u.i.su.ki.i. 蘇格蘭威士忌

ウオッカ
u.o.kka. 伏特加

ジン
ji.n.　　　　　　　　　　　　　琴酒

テキーラ
te.ki.i.ra.　　　　　　　　　　龍舌蘭酒

飲料大小　延伸單字。

エルサイズ
e.ru.sa.i.zu.　　　　　　　　大杯

エムサイズ
e.mu.sa.i.zu.　　　　　　　　中杯

スモールサイズ
su.mo.o.ru.sa.i.zu.　　　　　小杯

ファーストフード店
fa.a.su.to.fu.u.do.　　　　　　　　速食店

バー
ba.a.　　　　　　　　　　　　　　酒吧

食堂
しょくどう
sho.ku.do.u.　　　　　　　　　　　大眾餐廳

レストラン
re.su.to.ra.n.　　　　　　　　　　正式的餐廳

バイキング
ba.i.ki.n.gu.　　　　　　　　　　吃到飽的餐廳

ファミレス
fa.mi.re.su.　　適合全家去的餐廳(如「樂雅樂」)

屋台
やたい
ya.ta.i.　　　　　　　　　　　　攤販

たち ぐ
立ち食い
ta.chi.gu.i.　　　　　　　　　站著吃的

りょうてい
料亭
ryo.u.te.i.　　　　　　　　　高級日式餐廳

各國料理　　延伸單字。

かんこくりょうり
韓国料理
ka.n.ko.ku.ryo.u.ri.　　　　　　韓國料理

ちゅうかりょうり
中華料理
chu.u..ka.ryo.u.ri.　　　　　　中華料理

りょうり
フランス料理
fu.ra.n.su.ryo.u.ri.　　　　　　法國菜

りょうり
イタリア料理
i.ta.ri.a.ryo.u.ri.　　　　　　義大利菜

にほんりょうり
日本料理
ni.ho.n.ryo.u.ri.　　　　　　日本料理

終極 日文單字
1000

職場

CHAPTER.

09

けいこうぎょう
軽工業
ke.i.ko.u.gyo.u.

軽工業

でんりょくぎょうかい
電力業界
de.n.ryo.ku.gyo.u.ka.i.

電力工業

じどうしゃぎょうかい
自動車業界
ji.do.u.sha.gyo.u.ka.i.

汽車工業

ぎょうかい
ファッション業界
fa.ssho.n.gyo.u.ka.i.

流行界

ぎょうかい
アパレル業界
a.pa.re.ru.gyo.u.ka.i.

服装界

けんせつぎょう
建設業
ke.n.se.tsu.gyo.u.

建築工業

かがくこうぎょう
化学工業
ka.ga.ku.ko.u.gyo.u.

化學工業

しょくひんさんぎょう
食品産業
sho.ku.hi.n.sa.n.gyo.u.　　　　食品工業

せきゆぎょうかい
石油業界
se.ki.yu.gyo.u.ka.i.　　　　石油工業

ほけんじぎょう
保険事業
ho.ke.n.ji.gyo.u.　　　　保險業

つうしんぎょうかい
通信業界
tsu.u.shi.n.gyo.u.ka.i.　　　　通訊業

でんしさんぎょう
電子産業
de.n.shi.sa.n.gyo.u.　　　　電子業

きんぞくこうぎょう
金属工業
ki.n.zo.ku.ko.u.gyo.u.　　　　鋼鐵工業

こうぎょう
鉱業
ko.u.gyo.u.　　　　礦業

のうぎょう
農業
no.u.gyo.u.　　　　農業

りんぎょう
林 業
ri.n.gyo.u.

林業

- -

ぎょぎょう
漁 業
gyo.gyo.u.

漁業

- -

さいせきぎょう　　じゃりさいしゅぎょう
採 石 業、砂 利 採 取 業
sa.i.se.ki.gyo.u./jya.ri.sa.i.shu.gyo.u.

砂石業

- -

せいぞうぎょう
製 造 業
se.i.zo.u.gyo.u.

製造業

- -

うんゆぎょう
運 輸 業
u.n.yu.gyo.u.

運輸業

- -

ゆうびんぎょう
郵 便 業
yu.u.bi.n.gyo.u.

郵政業

- -

おろしうりぎょう
卸 売 業
o.ro.shi.u.ri.gyo.u.

批發業

- -

こうりぎょう
小 売 業
ko.u.ri.gyo.u.

零售業

きんゆうぎょう
金融業
ki.n.yu.u.gyo.u. 　　　　　　　　　金融業

ふどうさんぎょう
不動産業
fu.do.u.sa.n.gyo.u. 　　　　　　　　動産業

ぶっぴんちんたいぎょう
物品賃貸業
bu.ppi.n.chi.n.ta.i.gyo.u. 　　　　　　借貸業

がくじゅつけんきゅう
学術研究
ga.ku.ju.tsu.ke.n.kyu.u. 　　　　　　學術工作

せんもん　　ぎじゅつ　　　　　　ぎょう
専門・技術サービス業
se.n.mo.n./gi.ju.tsu.sa.a.bi.su.gyo.u. 技術服務業

しゅくはくぎょう
宿泊業
shu.ku.ha.ku.gyo.u. 　　　　　　　　旅館業

いんしょくてん
飲食店
i.n.sho.ku.te.n. 　　　　　　　　　　餐飲業

せいかつかんれん　　　　　　ぎょう
生活関連サービス業
se.i.ka.tsu.ka.n.re.n.sa.a.bi.su.gyo.u.
　　　　　　　　　　　　　　　生活服務業

娯楽業
ごらくぎょう
go.ra.ku.gyo.u.

娛樂業

教育、学習支援業
きょういく　がくしゅうしえんぎょう
kyo.u.i.ku./ga.ku.shu.u.shi.e.n.gyo.u.

教育業

医療、福祉
いりょう　ふくし
i.ryo.u./fu.ku.shi.

醫療、福祉

公務員
こうむいん
ko.u.mu.i.n.

公務員

サラリーマン
sa.ra.ri.i.ma.n.

上班族

主婦
しゅふ
shu.fu.

家庭主婦

職稱

やくしょく
役職
ya.ku.sho.ku.　　　公司中具決策能力的職位

いっぱんしょく
一般職
i.ppa.n.sho.ku.
　　　一般職員(處理一般事務,較無昇遷機會)

そうごうしょく
総合職
so.u.go.u.sho.ku.　　　將來較有升遷機會的職位

かいちょう
会長
ka.i.cho.u.　　　會長/董事長

かかりちょう
係長
ka.ka.ri.cho.u.　　　科長

かちょう
課長
ka.cho.u.　　　課長

かんさやく
監査役
ka.n.sa.ya.ku.　　　稽核

閑 職
かんしょく
ka.n.sho.ku.

不受重視的閒差

管 理 職
かんりしょく
ka.n.ri.sho.ku.

管理職

工 場 長
こうじょうちょう
ko.u.jo.u.cho.u.

廠長

参 与
さんよ
sa.n.yo.

輔助經營者的角色，相當於董事

次 長
じちょう
ji.cho.u.

次長

支 配 人
しはいにん
shi.ha.i.ni.n.

店長

社 長
しゃちょう
sha.cho.u.

社長/公司老闆

代 表
だいひょう
da.i.hyo.u.

代表

だいひょうとりしまりやく
代表取締役
da.i.hyo.u.to.ri.shi.ma.ri.ya.ku.　　　　董事長

ちゅうかんかんりしょく
中間管理職
chu.u.ka.n.ka.n.ri.sho.ku.　　　　中堅職務

とうどり
頭取
to.u.do.ri.　　　　銀行行長

とりしまりやく
取締役
to.ri.shi.ma.ri.ya.ku.　　　　董事

ばんとう
番頭
ba.n.to.u.　　　　總經理

ひしょ
秘書
hi.sho.　　　　祕書

ぶちょう
部長
bu.sho.u.　　　　部長

マネージャー
ma.ne.e.ja.a.　　　　經紀人

名誉職
めいよしょく
me.i.yo.sho.ku.

榮譽職

管理者
かんりしゃ
ka.n.ri.sha.

管理者

会計士
かいけいし
ka.i.ke.i.shi.

會計

エンジニア
e.n.ji.ni.a.

工程師

アシスタント
a.shi.su.ta.n.to.

助理

事務員
じむいん
ji.mu.i.n.

事務員

作業員
さぎょういん
sa.gyo.u.i.n.

作業員

スタッフ
su.ta.ffu.

工作人員

しょくいん
職 員
sho.ku.i.n.　　　　　　　　　　職員

ようむいん
用務員
yo.u.mu.i.n.　　　　　　　　　　工友

けいやくしゃいん
契約社員
ke.i.ya.ku.sha.i.n.　　　　　　約聘人員

ボランティア
bo.ra.n.ti.a.　　　　　　　　　　志工

はけんしゃいん
派遣社員
ha.ke.n.sha.i.n.　　　　　　　派遣員工

ほんしゃ
本社
ho.n.sha.　　　　　　　　　　總公司

ほんぶ
本部
ho.n.bu.　　　　　　　　　　總公司

ほんてん
本店
ho.n.te.n.　　　　　　　　　　總店

してん
支店
shi.te.n.　　　　　　　　　　分公司

ししゃ
支社
shi.sha.　　　　　　　　　　分公司

しきょく
支局
shi.kyo.ku.　　　　　　　　　　分公司

かいちょうしつ
会長室
ka.i.cho.u.shi.tsu.　　　　　　董事長室

グループ
gu.ru.u.pu.　　　　　　　　　事業群

じぎょうぶ
事業部
ji.gyo.u.bu.　　　　　　　　　事業處

ぶもん
部門
bu.mo.n.　　　　　　　　　　部門

か
課
ka.　　　　　　　　　　　　課／科室

かんりぶ
管理部
ka.n.ri.bu.　　　　　　　　　行政部

きゃくさま　　　　　　か
お客様サービス課
o.kya.ku.sa.ma.sa.a.bi.su.ka.　客服部

ざいむぶ
財務部
za.i.mu.bu.　　　　　　　　　財務部

かぶぬしそうかい
株主総会
ka.bu.nu.shi.so.u.ka.i.　　　股東會

取締役会
とりしまりやくかい
to.ri.shi.ma.ri.ya.ku.ka.i.

董事會

スタッフ部門
ぶもん
su.ta.ffu.bu.mo.n.

內勤部門

ライン部門
ぶもん
ra.i.n.bu.mo.n.

外勤部門

企画広報室
きかくこうほうしつ
ki.ka.ku.ko.u.ho.u.ji.tsu.

公關部

研究開発部
けんきゅうかいはつぶ
ke.n.kyu.u.ka.i.ha.tsu.bu.

研發部

経理部
けいりぶ
ke.i.ri.bu.

經營部門

財務部
ざいむぶ
za.i.mu.bu.

財務部

総務部
そうむぶ
so.u.mu.bu.

總務部／事務部

人事部
じんじぶ
ni.n.ji.bu.　　　　　　　　　　　　人事部

購買部
こうばいぶ
ko.u.ba.i.bu.　　　　　　　　　　　採購部

営業部
えいぎょうぶ
ei.igyo.u.bu.　　　　　　　　　　　營業部

製造部
せいぞうぶ
se.i.zo.u.bu.　　　　　　　　　　　製造部

マーケティング部
ぶ
ma.a.ke.ti.n.gu.bu.　　　　　　　行銷部

企画部
きかくぶ
ki.ka.ku.bu.　　　　　　　　　　　企劃部

ＩＴ 部門
ぶもん
i.t.bu.mo.n.　　　　　　　　　　　資訊部

コンピューターセンター
ko.n.pyu.u.ta.a.se.n.ta.a.　　　　電腦中心

品質管理部
ひんしつかんりぶ

hi.n.shi.tsu.ka.n.ri.bu.

品管部

法務部
ほうむぶ

ho.u.mu.bu.

法務部

監査役室
かんさやくしつ

ka.n.sa.ya.ku.shi.tsu.

稽核室

メールルーム

me.e.ru.ru.u.mu.

收發室

延伸　休假

單字。

休暇
きゅうか

kyu.u.ka.

休假

有給休暇
ゆうきゅうきゅうか

yu.u.kyu.u.kyu.u.ka.

年假/特休

年次有給休暇
ねんじゆうきゅうきゅうか

ne.n.ji.yu.u..kyu.u.kyu.u.ka.

年假/特休

ゆうきゅう
有 休
yu.u.kyu.u.

年假/特休

ねんきゅう
年 休
ne.n.kyu.u.

年假/特休

こくみん　しゅくじつ
国民の祝日
ko.ku.mi.n.no.shu.ku.ji.tsu.

國定假日

ふりかえきゅうじつ
振替休日
fu.ri.ka.e.kyu.u.ji.tsu.

補放假

こくみん　　きゅうじつ
国民の休日
ko.ku.mi.n.no.kyu.u.ji.tsu.

例假日

くみあいきゅうか
組合休暇
ku.mi.a.i.kyu.u.ka.

公假

びょうきゅう
病 休
byo.u.kyu.u.

病假

びょうききゅうか
病気休暇
byo.u.ki.kyu.u.ka.

病假

介護休暇

かいごきゅうか

ka.i.go.kyu.u.ka.　　　　因照顧家人所請的假

結婚休暇

けっこんきゅうか

ke.kko.n.kyu.u.ka.　　　　　　　　婚假

産休

さんきゅう

sa.n.kyu.u.　　　　　　　　　　産假

育児休暇

いくじきゅうか

i.ku.ji.kyu.u.ka.　　　　　　　　育兒假

育休

いくきゅう

i.ku.kyu.u.　　　　　　　　　　育兒假

生理休暇

せいりきゅうか

se.i.ri.kyu.u.ka.　　　　　　　　生理假

忌引休暇

きびききゅうか

ki.bi.ki.kyu.u.ka.　　　　　　　　喪假

リフレッシュ休暇

きゅうか

ri.re.re.sshu.kyu.u.ka.

公司給予的休假（類似補休）

ボランティア休暇
きゅうか
bo.ra.n.ti.a.kyu.u.ka.　　　　　去當義工而請的假

夏休み
なつやす
na.tsu.ya.su.mi.　　　　　暑假

冬休み
ふゆやす
fu.yu.ya.su.mi.　　　　　寒假

春休み
はるやす
ha.ru.ya.su.mi.　　　　　春假

休日出勤
きゅうじつしゅっきん
kyu.u.ji.tsu.shu.kki.n.　　　　　假日加班

飛石連休
とびいしれんきゅう
to.bi.i.shi.re.n.kyu.u.　　　　　含週末的連休

PART.04
人事規定

IDカード
i.d.ka.a.do.
識別證

しゃいんしょう
社員証
sha.i.n.sho.u.
識別證

ひるやす
昼休み
hi.ru.ya.su.mi.
午休時間

きんむじかん
勤務時間
ki.n.mu.ji.ka.n.
辦公時間

ろうどういどうそうすう
労働移動総数
ro.u.do.u.i.do.u.so.u.su.u.
人員更替率

かいこ
解雇
ka.i.ko.
解僱

くび
ku.bi.
解僱

昇 進
しょうしん
sho.u.shi.n.　　　　　　　　　　　　　升職

出 世
しゅっせ
shu.sse.　　　　　　　　　　　　　升職

栄 転
えいてん
e.i.te.n.　　　　升職(至總公司或更好的分公司)

勤 務 評 定
きんむひょうてい
ki.n.mu.hyo.u.te.i.　　　　　　　　　考績評核

人 事 考 課
じんじこうか
ji.n.ji.ko.u.ka.　　　　　　　　　　考績評核

業 績 評 価
ぎょうせきひょうか
gyo.u.se.ki.hyo.u.ka.　　　　　　　　業績考核

評 価 用 紙
ひょうかようし
hyo.u.ka.yo.u.shi.　　　　　　　　　考績評鑑卡

推 奨 制 度
すいしょうせいど
su.i.sho.u.se.i.do.　　　　　　　　　激勵制度

しょうれいきゅう
奨励給
sho.u.re.i.kyu.u.　　　　　　　激勵獎金

しょうきゅう
昇給
sho.u.kyu.u.　　　　　　　加薪

きゅうりょう
給料
kyu.u.ryo.u.　　　　　　　薪水

延伸
單字。

工作職掌

ポジション
po.ji.sho.n.　工作上的職位／工作上擔任的角色

たんとうぎょうむ
担当業務
ta.n.to.u.gyo.u.mu.　　　　　　負責的工作

しょくむないよう
職務内容
sho.ku.mu.na.i.yo.u.　　　　　　工作內容

たんとう
担当
ta.n.to.u.　　　　　　　管理

にんめい
任命
ni.n.me.i.

任命

- -

けいけん
マネジメント経験
ma.ne.ji.me.n.to.ke.i.ke.n.

管理經驗

- -

かんりしょく
管理職
ka.n.ri.sho.ku.

管理職

- -

たんとうちいき
担当地域
ta.n.to.u.chi.i.ki.

負責地區

- -

えいぎょうじっせき
営業実績
e.i.gyo.u.ji.sse.ki.

業務成績／工作表現

- -

かいがいけんしゅう
海外研修
ka.i.ga.i.ke.n.shu.u.

國外研習

- -

たっせいじこう
達成事項
ta.sse.i.ji.ko.u.

完成目標／完成事項

- -

はいぞくぶしょ
配属部署
ha.i.zo.ku.bu.sho.

領導的部下

こようもときぎょう
雇用元企業
ko.yo.u.mo.to.i.gyo.u.　　　　　　　曾任職的公司

せきにん
責任
se.ki.ni.n.　　　　　　　　　　　　責任

はいぞく
配属
ha.i.zo.ku.　　　　　　　　　　　　隸屬

しょぞく
所属
sho.zo.ku.　　　　　　　　　　　　隸屬

かんり
管理
ka.n.ri.　　　　　　　　　　　　　館理

校園

CHAPTER.
10

PART.01
師長

そうちょう
総長
so.u.cho.u.

多所學校的總校長

えんちょう
園長
e.n.cho.u.

幼稚園園長

がくちょう
学長
ga.ku.cho.u.

大學校長

こうちょう
校長
ko.u.cho.u.

校長（國小、中學、高中）

ふくこうちょう
副校長
fu.ku.ko.u.cho.u.

副校長

ふくえんちょう
副園長
fu.ku.e.n.cho.u.

副園長

ふくがくちょう
副学長
fu.ku.ga.ku.cho.u.

大學副校長

きょうとう
教 頭
kyo.u.to.u.　　教務主任（小學、中學、高中）

がくぶちょう
学 部 長
ga.ku.bu.cho.u.　　大學教務長

たんきだいがくぶちょう
短期大学部長
ta.n.ki.da.i.ga.ku.bu.cho.u.　　短大教務長

がっかちょう
学 科 長
ga.kka.cho.u.　　大學中負責各學系校務者

しゅにん
主 任
shu.ni.n.　　主任

きょういん
教 員
kyo.u.i.n.　　從事教職者

じむしょくいん
事務職員
ji.mu.sho.ku.i.n.　　學校職員

がっこうじむしょくいん
学校事務職員
ga.kko.u.ji.mu.sho.ku.i.n.　學校職員（大學除外）

大学事務職員
da.i.ga.ku.ji.mu.sho.ku.i.n.　　大學職員

寄宿舎指導員
ki.shu.ku.sha.shi.do.u.i.n.　　舍監

学校栄養職員
ga.ko.u.e.i.yo.u.sho.ku.i.n.　　營養師

学校医
ga.kko.u.i.　　校醫

学校歯科医
ga.kko.u.shi.ka.i.　　駐校牙醫

学校薬剤師
ga.kko.u.ya.ku.za.i.shi.　　駐校藥劑師

調理師
cho.u.ri.shi.　　廚師（煮營養午餐等）

スクールカウンセラー
su.ku.u.ru.ka.u.n.se.ra.a.　　學校心理輔導員

きょうゆ
教諭
kyo.u.yu. 　　　　　　　　　　　　專任老師

じょきょうゆ
助教諭
jo.kyo.u. 　　　　　　　　　　　　臨時專任教師

こうし
講師
ko.u.shi. 　　　　　　　　　　　　講師

じょうきんこうし
常勤講師
jo.u.ki.n.ko.u.shi. 　　　　　　　　正式講師

ひじょうきんこうし
非常勤講師
hi.jo.u.ki.n.ko.u.shi. 　　　　　　約聘講師

きょうじゅ
教授
kyo.u.ju. 　　　　　　　　　　　　教授

じゅんきょうじゅ
准教授
ju.n.kyo.u.ju. 　　　　　　　　　　副教授

じょしゅ
助手
jo.shu. 　　　　　　　　　　　　　助理

カウンセラー
ka.u.n.se.ra.a.　　　　　　　　　　輔導老師

せんせい
先生
se.n.se.i.　　　　　　　　　　　　　　老師

きょうし
教師
kyo.u.shi.　　　　　　　　　　　　　　老師

りんじきょういん
臨時教員
ri.n.ji.kyo.u.i.n.　　　　　　　　短期約聘老師

學生種類

がくせい
学生
ga.ku.se.i.
學生

そつぎょうせい
卒業生
so.tsu.gyo.u.se.i.
校友、畢業生

こうゆう
校友
ko.u.yu.u.
校友

しんにゅうせい
新入生
shi.n.nyu.u.se.i.
大一新生

せんぱい
先輩
se.n.ba.i.
學長

こうはい
後輩
ko.u.ha.i.
學弟妹

てんこうせい
転校生
te.n.ko.u.se.i.
轉學生

聴講生
ちょうこうせい

cho.u.ko.u.se.i.
   旁聽生（沒有學分或考試費用與正式生相同）

研究生
けんきゅうせい

ke.n.kyu.u.se.i.
   研究生（尚未成為正式研究所學生，只是旁聽）

交換留学生
こうかんりゅうがくせい

ko.u.ka.n.ryu.u.ga.ku.se.i.　　　　　交換留學生

交換学生
こうかんがくせい

ko.u.ka.n.ga.ku.se.i.　　　　　　　交換學生

日間部の学生
にちかんぶ　　がくせい

ni.chi.ka.n.bu.no.ga.ku.se.i.　　　　日間部學生

外国人留学生
がいこくじんりゅうがくせい

ga.i.ko.ku.ji.n.ryu.u.ga.ku.se.i.　　　國際學生

PART.03
考試及作業

しゅくだい
宿 題
shu.ku.da.i.

作業

しょうろんぶん
小 論 文
sho.u.ro.n.bu.n.

短篇作文

ろんぶん
論 文
ro.n.bu.n.

論文

しけん
試 験
shi.ke.n.

考試

ちゅうがくにゅうし
中 学 入 試
shu.u.ga.ku.nyu.u.shi.

中學入學考試

こうこうじゅけん
高 校 受 験
ko.u.ko.u.ju.ke.n.

高中入學考試

だいがくじゅけん
大 学 受 験
da.i.ga.ku.ju.ke.n.

大學入學考試

大学入試センター試験

da.i.ga.ku.nyu.u.shi.se.n.ta.a.shi.ke.n.

大學入學考試

抜き打ちテスト
ぬ　う

nu.ki.u.ch.te.su.to.

抽考

教科書参照可
きょうかしょさんしょうか

kyo.u.ka.sho.sa.n.sho.u.ka.

可看書考試

中間試験
ちゅうかんしけん

chu.u.ka.n.shi.ke.n.

期中考

期末試験
きまつしけん

ki.ma.tsu.shi.ke.n.

期末考

模擬試験
もぎしけん

mo.gi.shi.ke.n.

模擬考

実力テスト
じつりょく

ji.tsu.ryo.ku.te.su.to.

實力測驗（類似模擬考）

学力テスト
がくりょく

ga.ku.ryo.ku.te.su.to.

學力測驗（類似模擬考）

期末
きまつ
ki.ma.tsu.　　　　　　　　　　期末

口頭試問
こうとうしもん
ko.u.to.u.shi.mo.n.　　　　　　口試

口述試験
こうじゅつしけん
ko.u.ju.tsu.shi.ke.n.　　　　　　口試

口頭試験
こうとうしけん
ko.u.to.u.shi.ke.n.　　　　　　口試

成績証明書
せいせきしょうめいしょ
se.i.se.ki.sho.u.me.i.sho.　　　　成績單

成績表
せいせきひょう
se.i.se.ki.hyo.u.　　　　　　　成績單

不合格
ふごうかく
fu.go.u.ka.ku.　　　　　　　　不及格

研究計画
けんきゅうけいかく
ke.n.kyu.u.ke.i.ka.ku.　　　　　研究計畫

そつぎょうしき
卒業式
so.tsu.gyo.u.shi.ki.　　　　　　畢業典禮

そつぎょうしょうしょ
卒業証書
so.tsu.gyo.u.sho.u.sho.　　　　　文憑

がくい
学位
ga.ku.i.　　　　　　　　　　學位

がくし
学士
ga.ku.shi.　　　　　　　　　學士

しゅうし
修士
shu.u.shi.　　　　　　　　　碩士

はかせ
博士
ha.ka.se.　　　　　　　　　博士

がくしがくい
学士学位
ga.ku.sh.ga.ku.i.　　　　　學士學位

理学士
ri.ga.ku.shi.

理學士

医学士
i.ga.ku.shi.

醫學士

法学士
ho.u.ga.ku.shi.

法學士

修士学位
shu.u.shi.ga.ku.i.

碩士學位

文学修士
bu.n.ga.ku.shu.u.shi.

文學碩士

理学修士
ri.ga.ku.shu.u.shi.

理學碩士

経営学修士
ke.i.e.i.ga.ku.shu.u.shi.

企管碩士

法学修士
ho.u.ga.ku.shu.u.shi.

法學碩士

きょういくがくしゅうし
教育学修士
kyo.u.i.ku.ga.ku.shu.shi.　　教育碩士

はかせがくい
博士学位
ha.ka.se.ga.ku.i.　　博士學位

てつがくはかせ
哲学博士
te.tsu.ga.ku.ha.ka.se.　　哲學博士

ほうむはかせ
法務博士
ho.u.mu.ha.ka.se.　　法學博士

きょういくがくはかせ
教育学博士
kyo.u.i.ku.ga.ku.ha.ka.se.　　教育博士

りがくはかせ
理学博士
ri.ga.ku.ha.ka.se.　　科學博士

Track-077

PART.05
教育機構

がくねん
学年
ga.ku.ne.n.　　　　　　　　　學年

がっき
学期
ga.kki.　　　　　　　　　學期

ようじきょういく
幼児教育
yo.u.ji.kyo.u.i.ku.　　　　　幼兒教育

かていほいく
家庭保育
ka.te.i.ho.i.ku.　　　　　家庭托兒所

たくじしょ
託児所
ta.ku.ji.jo.　　　　　　　托兒所

ほいくじょ
保育所
ho.i.ku.jo.　　　　學前班（類似托兒所）

ほいくえん
保育園
ho.i.ku.e.n.　　　　學前班（類似托兒所）

終極 日文單字 1000　　273

幼稚園
ようちえん
yo.u.chi.e.n.

幼稚園

初等教育
しょとうきょういく
sho.to.u.kyo.u.i.ku.

初等教育

小学校
しょうがっこう
sho.u.ga.kko.u.

國小

中等教育
ちゅうとうきょういく
chu.u.to.u.kyo.u.i.ku.

中等教育

中学校
ちゅうがっこう
chu.u.ga.kko.u.

中學/國中

中学
ちゅうがく
chu.u.ga.ku.

中學/國中

高等学校
こうとうがっこう
ko.u.to.u.ga.kko.u.

高中

高校
こうこう
ko.u.ko.u.

高中

こうとうきょういく
高等教育
ko.u.to.u.kyo.u.i.ku.　　　　　　高等教育

せいじんきょういく
成人教育
se.i.ji.n.kyo.u.i.ku.　　　　　　成人教育

たんきだいがく
短期大学
ta.n.ki.da.i.ga.ku.　　　　　　短期大學

たんだい
短大
ta.n.da.i.　　　　　　短期大學

だいがく
大学
da.i.ga.ku.　　　　　　大學

がくいん
学院
ga.ku.i.n.　　　　　　學院

そうごうだいがく
総合大学
so.u.go.u.da.i.ga.ku.　　　　　　一般大學

せんもんがっこう
専門学校
se.n.mo.n.ga.kko.u.　　　　　　專業學校

学部学生
がくぶがくせい
ga.ku.bu.ga.ku.se.i.

大學部學生

大学院
だいがくいん
da.i.ga.ku.i.n.

研究所

留學考試

延伸

留学試験
りゅうがくしけん
ryu.u.ga.ku.shi.ke.n.

留學考試

日本留学試験
にほんりゅうがくしけん
ni.ho.n.ryu.u.ga.ku.shi.ke.n.

日本留學考試

TOEFL／トーフル
to.o.fu.ru.

托福考試

IELTS／アイエルツ
a.i.e.ru.tsu.

雅思測驗

プレイスメントテスト
pu.re.i.su.me.n.to.te.su.to.

入學前的英文程度測驗

ACT／エーシーティー

e.e.shi.i.ti.i. 　　　　　　　　　　美國大學入學測驗

SAT／サット／エスエーティー

sa.tto./e.su.e.e.ti.i. 　　　　　　　美國大學入學測驗

だいがくしんがくてきせいしけん
大学進学適性試験

da.i.ga.ku.shi.n.ga.ku.te.ki.se.i.shi.ke.n.
　　　　　　　　　　　　　　　　　美國大學入學測驗

GMAT／ジーマット

ji.i.ma.tto. 　　　美國商學研究所申請入學測驗

GRE／ジーアールイー

ji.i.a.i.ru.i.
　　美國各大學研究所或研究機構的申請入學測驗

だんじょきょうがく
男女共学
da.n.jo.kyo.u.ga.ku.　　　　男女生同校制度

だんじょべつがく
男女別学
da.n.jo.be.tsu.ga.ku.　　　　男女分校

だんしこう
男子校
da.n.shi.ko.u.　　　　男校

じょしこう
女子校
jo.shi.ko.u.　　　　女校

しりつがっこう
私立学校
shi.ri.tsu.ga.kko.u.　　　　私立學校

こうりつがっこう
公立学校
ko.u.ri.tsu.ga.kko.u.　　　　公立學校

すうがく
数学
su.u.ga.ku.　　　　　　　　　　　數學

だいすうがく
代数学
da.i.su.u.ga.ku.　　　　　　　　　代數學

きかがく
幾何学
ki.ka.ga.ku.　　　　　　　　　　　幾何學

しゅうごうろん
集合論
shu.u.go.u.ro.n.　　　　　　　　　集合論

じょうほうかがく
情報科学
jo.u.ho.u.ka.ga.ku.　　　　　　　情報科學

とうけいがく
統計学
to.u.ke.i.ga.ku.　　　　　　　　　統計學

PART.08

理<ruby>科<rt></rt></ruby>

りか
理科
ri.ka.

理科/化學

かがく
科学
ka.ga.ku.

科學

せいぶつがく
生物学
se.i.bu.tsu.ga.ku.

生物

かがく
化学
ka.ga.ku.

化學

ぶつりがく
物理学
bu.tsu.ri.ga.ku.

物理

いがく
医学
i.ga.ku.

醫學

ちきゅうかがく
地球科学
chi.kyu.u.ka.ga.ku.

地球科學

<ruby>天文学<rt>てんもんがく</rt></ruby>

天 文 学
te.n.mo.n.ga.ku.　　　　　　　天文學

<ruby>原子力<rt>げんしりょく</rt></ruby>

原子力
ge.n.shi.ryo.ku.　　　　　　　核能學

<ruby>化学工学<rt>かがくこうがく</rt></ruby>

化学工学
ka.ga.ku.ko.u.ga.ku.　　　　　化學工程

エンジニアリング
e.n.ji.ni.a.ri.n.gu.　　　　　　工程學

<ruby>工学<rt>こうがく</rt></ruby>

工 学
ko.u.ga.ku.　　　　　　　　　工程學

<ruby>機械工学<rt>きかいこうがく</rt></ruby>

機械工学
ki.ka.i.ko.u.ga.ku.　　　　　機械工程學

<ruby>電子工学<rt>でんしこうがく</rt></ruby>

電子工学
de.n.shi.ko.u.ga.ku.　　　　　電子工程學

ちゅうごくご
中国語
chu.u.go.ku.go.　　　　　中文

えいご
英語
e.i.go.　　　　　英語

にほんご
日本語
ni.ho.n.go.　　　　　日語

かんこくご
韓国語
ka.n.ko.ku.go.　　　　　韓語

フランス語
fu.ra.n.su.go.　　　　　法語

ドイツ語
do.i.tsu.go.　　　　　德語

れきし
歴史
re.ki.shi.　　　　　歴史

ちり
地理
chi.ri.　　　　　　　　　　　　　　　　地理

ぶんがく
文学
bu.n.ga.ku.　　　　　　　　　　　　　文學

げんごがく
言語学
ge.n.go.ga.ku.　　　　　　　　　　　語言學

としょかんがく
図書館学
to.sho.ka.n.ga.ku.　　　　　　　　　圖書館學

がいこう
外交
ga.i.ko.u.　　　　　　　　　　　　　外交

がいこくご
外国語
ga.i.ko.ku.go.　　　　　　　　　　　外文

がく
マスコミ学
ma.su.ko.mi.ga.ku.　　　　　　　　大眾傳播學

しんぶんがく
新聞学
shi.n.bu.n.ga.ku.　　　　　　　　　新聞學

しょうぎょうがく
商業学
sho.u.gyo.u.ga.ku.　　　　　　　商學

けいざいがく
経済学
ke.i.za.i.ga.ku.　　　　　　　經濟學

せいじがく
政治学
se.i.ji.ga.ku.　　　　　　　政治學

ぎんこうがく
銀行学
gi.n.ko.u.ga.ku.　　　　　　　銀行學

かいけいがく
会計学
ka.i.ke.i.ga.ku.　　　　　　　會計學

ファイナンス
fa.i.na.n.su.　　　　　　　財政學

ざいせいがく
財政学
za.i.se.i.ga.ku.　　　　　　　財政學

かいけい
会計
ka.i.ke.i.　　　　　　　　　　　會計

とうけい
統計
to.u.ke.i.　　　　　　　　　　　統計

けいえいかんり
経営管理
ke.i.e.i.ka.n.ri.　　　　　　　　工商管理

其他學科　　延伸單字。

じんるいがく
人類学
ji.n.ru.i.ga.ku.　　　　　　　　　人類學

しゃかいがく
社会学
sha.ka.i.ga.ku.　　　　　　　　　社會學

しゃかいかがく
社会科学
sha.ka.i.ka.ga.ku.　　　　　　　社會科學

しんりがく
心理学
shi.n.ri.ga.ku.　　　　　　　　　心理學

サイコロジー
sa.i.ko.ro.ji.i.　　　　　　　　　　心理學

哲学 <ruby>てつがく</ruby>
te.tsu.ga.ku.　　　　　　　　　　哲學

フィロソフィー
fi.ro.so.fi.i.　　　　　　　　　　哲學

土木工学 <ruby>どぼくこうがく</ruby>
do.bo.ku.ko.u.ga.ku.　　　　　　　　　　土木工程

建築 <ruby>けんちく</ruby>
ke.n.chi.ku.　　　　　　　　　　建築學

法学 <ruby>ほうがく</ruby>
ho.u.ga.ku.　　　　　　　　　　法學

植物学 <ruby>しょくぶつがく</ruby>
sho.ku.bu.tsu.ga.ku.　　　　　　　　　　植物

動物学 <ruby>どうぶつがく</ruby>
do.u.bu.tsu.ga.ku.　　　　　　　　　　動物學

のうがく
農学
no.u.ga.ku.
農學

たいいく
体育
ta.i.i.ku.
體育

きょういくがく
教育学
kyo.u.i.ku.ga.ku.
教育學

じょうほうぶんかがく
情報文化学
jo.u.ho.u.bu.n.ka.ga.ku.
情報文化學

こくさいかいはつ
国際開発
ko.ku.sa.i.ka.i.ha.tsu.
國際開發

かんきょういがく
環境医学
ka.n.kyo.u.i.ga.ku.
環境醫學

たいようちきゅうかんきょう
太陽地球環境
ta.i.yo.u.chi.kyu.u.ka.n.kyo.u.
太陽地球環境

講義
こうぎ
ko.u.gi.

課/課程

授業
じゅぎょう
ju.gyo.u.

課

コース
ko.o.su.

課程

先修科目
せんしゅうかもく
se.n.shu.u.ka.mo.ku.

先修課程

クラス
ku.ra.su.

班級

実習
じっしゅう
ji.shu.u.

實習課

演習授業
えんしゅうじゅぎょう
e.n.shu.u.ju.gyo.u.

研討會

ゼミ
ze.mi.　　　　　　　　　　　討論會

シンポジウム
shi.n.po.ji.u.mu.　　　　　　研討會

たいかい
大会
ta.i..ka.i.　　　　　　　　　　大會

もうしこみしょ
申込書
mo.u.shi.o.mi.sho.　　　　　　申請表

しゅつがんじん
出願人
shu.tsu.ga.n.ji.n.　　　　　　申請者

すいせんしょ
推薦書
su.i.se.n.sho.　　　　　　推薦信

すいせんじょう
推薦状
su.i.se.n.jo.u.　　　　　　推薦信

すいせんしゃ
推薦者
su.i.se.n.sha.　　　　　　推薦者

にゅうがくてつづき
入学手続き
nyu.u.ga.ku.te.tsu.zu.ki.　　　　登記／註冊

にゅうがくきょか
入学許可
nyu.u.ga.ku.kyo.ka.　　　　大學入學許可

<ruby>合格<rt>ごうかく</rt></ruby>
go.u.ka.ku.

考上

<ruby>採用<rt>さいよう</rt></ruby>
sa.i.yo.u.

錄用

オリエンテーション
o.ri.e.n.te.e.sho.n.

新生訓練

時間割
じかんわり
ji.ka.n.wa.ri.

課表

学校時限表
がっこうじげんひょう
ga.kko.u.ji.ge.n.hyo.u.

課表

学年
がくねん
ga.ku.ne.n.

年級別

学期
がっき
ga.kki.

學期

夏休み
なつやす
na.tsu.ya.su.mi.

暑假

冬休み
ふゆやす
fu.yu.ya.su.mi.

寒假

サークル
sa.a.ku.ru.

社團

かてい
課程
ka.te.i.
課程

シラバス
shi.ra.ba.su.
課程大綱

こうぎょうこう
講義要綱
ko.u.gi.yo.u.ko.u.
課程大綱

ようもく
要目
yo.u.mo.ku.
課程大綱

しぎょう
始業
shi.gyo.u.
開學

しぎょうしき
始業式
shi.gyo.u.shi.ki.
開學典禮

しゅうぎょう
終業
shu.u.gyo.u.
結業

しゅうぎょうしき
終業式
shu.u.gyo.u.shi.ki.
結業式

入学式
にゅうがくしき
nyu.u.ga.ku.shi.ki.　　　　　　入學典禮

単位
たんい
ta.n.i.　　　　　　學分

必修科目
ひっしゅうかもく
hi.sshu.u.ka.mo.ku.　　　　　　必修

選択科目
せんたくかもく
se.n.ta.ku.ka.mo.ku.　　　　　　選修

メジャー
me.ja.a.　　　　　　主修

専攻科目
せんこうかもく
se.n.ko.u.ka.mo.ku.　　　　　　主修

主専攻
しゅせんこう
shu.se.n.ko.u.　　　　　　主修

マイナー
ma.i.na.a.　　　　　　輔修

ふくせんこう
副専攻
fu.ku.se.n.ko.u. 輔修

ダブルメジャー
da.bu.ru.me.ja.a. 雙修

きょうどうがくい
共同学位
kyo.u.do.u.ga.ku.i. 雙修學位

りしゅうへんこう
履修変更
ri.shu.u.he.n.ko.u. 退選

コマ
ko.ma. 第…堂課

がくひ
学費
ga.ku.hi.

學費

ざっぴ
雑費
za.ppi.

雜費

せいかつひ
生活費
se.i.ga.tsu.hi.

生活費

めんじょ
免除
me.n.jo.

減免

めんがく
免額
me.n.ga.ku.

減免

しゅつがんりょう
出願料
shu.tsu.ga.n.ryo.u.

申請費

じゅぎょうりょうめんじょ
授業料免除
ju.gyo.u.ryo.u.me.n.jo.

學費減免

保証金
ほしょうきん
ho.sho.u.ki.n.
押金

入学金
にゅうがくきん
nyu.u.ga.ku.ki.n.
註冊費

教育ローン
きょういく
kyo.u.i.ku.ro.o.n.
助學貸款

学費ローン
がくひ
ga.ku.hi.ro.o.n.
助學貸款

PART. 15
校規獎懲

Track-087

しょうがくきん
奨学金
sho.u.ga.ku.ki.n.　　　　　獎學金

たいがくしょぶん
退学処分
ta.i.ga.ku.sho.bu.n.　　　　退學處分

りゅうねん
留年
ryu.u.ne.n.　　　　　　　　留級

さぼる
sa.bo.ru.　　　　　　　　翹課/曠課

ちゅうとたいがく
中途退学
chu.u.to.ta.i.ga.ku.　　　　輟學

ちゅうたい
中退
chu.u.ta.i.　　　　　　　　輟學

たいがく
退学
ta.i.ga.ku.　　　　　開除/退學/輟學

<ruby>停<rt>てい</rt>学<rt>がく</rt>処<rt>しょ</rt>分<rt>ぶん</rt></ruby>
停学処分
te.i.ga.ku.sho.bu.n.

退學處分

<ruby>懲<rt>ちょう</rt>戒<rt>かい</rt></ruby>
懲　戒
cho.u.ka.i.

懲戒

<ruby>違<rt>い</rt>反<rt>はん</rt></ruby>
違反
i.ha.n.

違反

<ruby>校<rt>こう</rt>則<rt>そく</rt></ruby>
校　則
ko.u.so.ku.

校規

<ruby>生<rt>せい</rt>徒<rt>と</rt>手<rt>て</rt>帳<rt>ちょう</rt></ruby>
生徒手帳
se.i.to.te.cho.u.

學生手冊

<ruby>訓<rt>くん</rt>告<rt>こく</rt></ruby>
訓　告
ku.n.ko.ku.

警告

PART. 16
學校宿舍

スタンダードルーム
su.ta.n.da.a.do.ru.u.mu.　　標準房

エンスイートルーム
e.n.su.i.i.to.ru.u.mu.　　含衛浴的套房

ワンルーム
wa.n.ru.u.mu.　　套房

きょうどう
共同トイレ
kyo.u.do.u./to.i.re　　共用衛浴

きょうどうぶろ
共同風呂
kyo.u.do.u./bu.ro.　　共用衛浴

げしゅく
下宿
ge.shu.ku.　　外面租房子（含餐）

興趣

CHAPTER.

11

しゅみ
趣味
shu.mi.   興趣

きょうみ
興味
kyo.u.mi.   (有)興趣

テレビ
te.re.bi.   電視

どくしょ
読書
do.ku.sho.   閱讀

ショッピング
sho.ppi.n.gu.   購物

えいが
映画
e.i.ga.   電影

かんげき
観劇
ka.n.ge.ki.   看戲

国内旅行
こくないりょこう
ko.ku.na.i.ryo.ko.u.
國內旅行

海外旅行
かいがいりょこう
ka.i.gai.ryo.ko.u.
國外旅遊

海水浴
かいすいよく
ka.i.su.i.yo.ku.
去海邊

日帰り行楽
ひがえ　こうらく
hi.ga.e.ri.ko.u.ra.ku.
當日往返旅遊

音楽鑑賞
おんがくかんしょう
o.n.ga.ku.ka.n.sho.u.
聽音樂

ドライブ
do.ra.i.bu.
兜風

散歩
さんぽ
sa.n.po.
散步

手芸
しゅげい
shu.ge.i.
手工藝

にちようだいく
日曜大工
ni.chi.yo.u.da.i.ku.   木工

えんげい
園芸
e.n.ge.i.   園藝

い ご
囲碁
i.go.   圍棋

しょうぎ
将棋
sho.u.gi.   將棋

まあじゃん
麻雀
ma.a.ja.n.   麻將

がっきえんそう
楽器演奏
ga.kki.e.n.so.u.   演奏樂器

かいが
絵画
ka.i.ga.   繪畫

しょどう
書道
sho.do.u.   書法

しゃしん
写真
sha.shi.n.　　　　　　　　　　　拍照、照片

パチンコ
pa.chi.n.ko.　　　　　　　　　　柏青哥

さどう
茶道
sa.do.u.　　　　　　　　　　　　茶道

かどう
華道
ka.do.u.　　　　　　　　　　　　花道

とざん
登山
to.za.n.　　　　　　　　　　　　爬山

ハイキング
ha.i.ki.n.gu.　　　　　　　　　　健行

ペット
pe.tto.　　　　　　　　　　　　寵物

びよう
美容
bi.yo.u.　　　　　　　　　　　　美容

釣り
つ
tsu.ri.

釣魚

ギャンブル
gya.n.bu.ru.

賭博

乗馬
じょうば
jo.u.ba.

騎馬

バンジージャンプ
ba.n.ji.i./ja.n.pu.

高空彈跳

パラシュート
pa.ra.shu.u.to.

降落傘跳傘

熱気球
ねつききゅう
ne.tsu.ki.kyu.u.

熱氣球

ヘリ
he.ri.

直昇機

グライダー
gu.ra.i.da.a.

滑翔機

ハンググライダー
ha.n.gu./gu.ra.i.da.a. 滑翔翼

スキューバダイビング
su.kyu.u.ba./da.i.bi.n.gu. 潛水

ダイビング
da.i.bi.n.gu. 潛水／跳水

シュノーケル
shu.no.o.ke.ru. 浮潛

サーフィン
sa.a.fi.n. 衝浪

ウェークボード
we.e.ku.bo.o.do. 風浪板

すいじょう
水 上スキー
su.i.jo.u./su.ki.i. 滑水

ジェットスキー
je.tto.su.ki.i. 水上摩托車

パラセーリング
pa.ra.se.e.ri.n.gu.

拖曳傘

ウィンドサーフィン
wi.n.do.sa.a.fi.n.

風帆

帆走
はんそう

ha.n.so.u.

帆船航行

ヨット
yo.tto.

帆船／遊艇

船漕ぎ
ふねこ

fu.ne.ko.gi.

划船

カヌー
ka.nu.u.

獨木舟

川下り
かわくだ

ka.wa.ku.da.ri.

泛舟

クルーズ
ku.ru.u.zu.

郵輪旅行

観測船
かんそくせん
ka.n.so.ku.se.n.

観察自然牛態的船

夜釣り
よ づ
yo.zu.ri.

夜釣

海釣り
うみ づ
u.mi.zu.ri.

海釣

キャンプ
kya.n.pu.

露營

サイクリング
sa.i.ku.ri.n.gu.

騎腳踏車

ツーリング
tsu.u.ri.n.gu.

開車或騎車兜風

たこを揚げる
あ
ta.ko.o./a.ge.ru.

放風箏

音樂相關　延伸
單字。

ジャパニーズポップス／J-POP

ja.pa.ni.i.zu.po.ppu.su./je.e.po.ppu.

日本流行音樂

ロック

ro.kku.

搖滾樂

ポップス

po.ppu.su.

流行樂

クラシック

ku.ra.shi.kku.

古典樂

ジャズ

ja.zu.

爵士樂

アジア

a.ji.a.

亞洲音樂

アニメソング

a.ni.me.so.n.gu.

動畫音樂

インストゥルメンタル

i.n.su.tu.ru.me.n.ta.ru.

樂曲(沒有歌聲)

演歌
え.ん.か

e.n.ka. 演歌

カントリー／ウエスタン

ka.n.to.ri.i./we.su.ta.n. 郷村音樂

サンバ

sa.n.ba. 森巴

ボサノバ

bo.sa.no.ba. bossa nova

シャンソン

sha.n.so.n. 香頌

スカ

su.ka. ska(龐克的一種)

ダンスミュージック

da.n.su./my.u.ji.kku. 舞曲

テクノ

te.ku.no. 電音

実験音楽
ji.kken.o.n.ga.ku. 實驗音樂

ファンク
fa.n.ku. 放客音樂

フォーク
fo.o.ku. 民謠

フュージョン
fyu.u.jo.n.
　　fusion（融合爵士、搖滾、拉丁的音樂類型）

ブラックミュージック
bu.ra.kku./my.u.ji.kku. 靈魂樂

ラテン
ra.te.n. 拉丁音樂

レゲエ
re.ge.e. 雷鬼

ワールドミュージック
wa.a.ru.do./nyu.u.ji.kku. 世界音樂

映画音楽
えいがおんがく
e.i.ga.o.n.ga.ku.
電影音樂

ゲーム音楽
おんがく
ge.e.mu.o.n.ga.ku.
電玩遊戲音樂

子ども向け
こ　　　む
ko.do.mo.mu.ke.
兒童音樂

宗教音楽
しゅうきょうおんがく
shu.u.kyo.u./o.n.ga.ku.
宗教音樂

伝統音楽
でんとうおんがく
de.n.to.u.o.n.ga.ku.
傳統音樂

スポーツ
su.po.o.tsu.

運動、體育

ビリヤード
bi.ri.ya.a.do.

撞球

<ruby>卓<rt>たっ</rt></ruby><ruby>球<rt>きゅう</rt></ruby>
卓球
ta.kkyu.u.

乒乓球

バドミントン
ba.do.mi.n.to.n.

羽毛球

バレーボール
be.re.e.bo.o.ru.

排球

クリケット
ku.ri.ke.tto.

板球

テニス
te.ni.su.

網球

やきゅう
野 球
ya.kyu.u. 棒球

ソフトボール
so.fu.to.bo.o.ru. 壘球

ハンドボール
ha.n.do.bo.o.ru. 手球

アイスホッケー
a.i.su.ho.kke.e. 冰上曲棍球

ボウリング
bo.u.ri.n.gu. 保齡球

ゴルフ
go.ru.fu. 高爾夫球

ドッジボール
do.jji.bo.o.ru. 躲避球

サッカー
sa.kka.a. 足球

ラグビー
ra.gu.bi.i.　　　　　　　　　　英式橄欖球

- -

アメリカンフットボール
a.me.ri.ka.n./fu.tto.bo.o.ru.　　　美式足球

- -

バスケットボール
ba.su.ke.tto./bo.o.ru.　　　　　　　籃球

- -

すいえい
水泳
su.i.e.i.　　　　　　　　　　　　游泳

- -

ローラースケート
ro.o.ra.a./su.ke.e.to.　　　滑輪／直排輪

- -

アイススケート
a.i.su./su.ke.e.to.　　　　　　　　滑冰

- -

スキー
su.ki.i.　　　　　　　　　　　　滑雪

- -

スノーボード
su.no.o.bo.o.do.　　　　　　　　滑雪板

ボクシング
bo.ku.shi.n.gu.　　　　　　　　　拳擊

からて
空手
ka.ra.te.　　　　　　　　　　　空手道

すもう
相撲
su.mo.u.　　　　　　　　　　　相撲

レスリング
re.su.ri.n.gu.　　　　　　　　　摔角

けんどう
剣道
ke.n.do.u.　　　　　　　　　　剣道

健身房設施

延伸。
單字

しせつ
施設
shi.se.tsu.　　　　　　　　　　設施

ランニングマシン
ra.n.ni.n.gu./ma.shi.n.　　　　　跑步機

サイクリングマシン
sa.i.ku.ri.n.gu./ma.shi.n.　　　　健身腳踏車

ローイングマシン
o.o.i.n.gu./ma.shi.n.　　　　划艇機

チェストプレス
che.su.to.pu.re.su.　　　　擴胸器

フリークライマー
fu.ri.i.ku.ra.i.ma.a.　　　　登山機

ダンベル
da.n.be.ru.　　　　啞鈴

パワーホイール
pa.wa.a.ho.i.i.ru.　　　　飛輪

ソフトマット
so.fu.to.ma.tto.　　　　軟墊

エステ
e.su.te　　　　美容沙龍

サウナ
sa.u.na.

三温暖

蒸し風呂
mu.shi.bu.ro.

蒸氣浴

スパー
su.pa.a.

健康spa

延伸單字。

ウオーミングアップ
u.o.o.mi.n.gu./a.ppu.

暖身

運動する
u.n.do.u.su.ru.

運動

鍛える
ki.ta.e.ru.

鍛鍊

歩く
a.ru.ku.

走路

ジョギング

jo.gi.n.gu.

慢跑

すいえい
水泳

su.i.e.i.

游泳

うでた ふ
腕立て伏せ

u.de.ta.te.fu.se.

伏地挺身

ふっきんうんどう
腹筋運動

fu.kki.n./u.n.do.u.

仰臥起坐

じゅうりょうあ
重量挙げ

ju.u.ryo.u.a.ge.

舉重

エアロビクス

e.a.ro.bi.ku.su.

有氧舞蹈

ヨーガ

yo.o.ga.

瑜珈

うらな
占 い
u.ra.na.i.

算命、占卜

せいざ
星座
se.i.za.

星座

けつえきがた
血液型
ke.tsu.e.ki.ga.ta.

血型

せんせいじゅつ
占星術
se.n.se.i.ju.tsu.

占星術

せいよう　　せんせいじゅつ
西洋の占星術
se.i.yo.u.no./se.n.se.i.ju.tsu.

西洋占星術

うらな　し
占 い師
u.ra.na.i.shi.

算命師

ふうすい
風水
fu.u.su.i.

風水

手相
て そ う
手相
te.so.u.

面相
めん そ う
面相
me.n.so.u.

迷信
めい しん
迷信
me.i.shi.n.

タロット
ta.ro.tto.
塔羅牌

干支
え と
生肖
e.to.

当たる
あ
準確
a.ta.ru.

延伸　星座

單字

おひつじ座
ざ
牧羊座
o.hi.tsu.ji.za.

おうし座
o.u.shi.za.

金牛座

ふたご座
fu.ta.go.za.

雙子座

かに座
ka.ni.za.

巨蟹座

しし座
shi.shi.za.

獅子座

おとめ座
o.to.me.za.

處女座

てんびん座
te.n.pi.n.za.

天秤座

さそり座
sa.so.ri.za.

天蠍座

いて座
i.te.za.

射手座

やぎ座<ruby>座<rt>ざ</rt></ruby>
ya.gi.za.　　　　　　　　　　　　山羊座

みずがめ座<ruby>座<rt>ざ</rt></ruby>
mi.zu.ga.me.za.　　　　　　　　　水瓶座

うお座<ruby>座<rt>ざ</rt></ruby>
u.o.za.　　　　　　　　　　　　　雙魚座

延伸　單字。　　　形容個性

<ruby>性格<rt>せいかく</rt></ruby>
se.i.ka.ku.　　　　　　　　　　　個性

いい<ruby>人<rt>ひと</rt></ruby>
i.i.hi.to.　　　　　　　　　　好人、善良的人

<ruby>憎<rt>にく</rt></ruby>めない
ni.ku.me.na.i.　　　　　　　　　又愛又恨

<ruby>性格<rt>せいかく</rt></ruby>きつい
se.i.ka.ku.ki.tsu.i.　　　　　　　個性很糟

マイペース
ma.i.pe.e.su.
我行我素

男っぽい
おとこ
o.to.ko.ppo.i.
男孩子氣

女らしい
おんな
o.n.na.ra.shi.i.
有女人味

明るい
あか
a.ka.ru.i.
個性開朗

暗い
くら
ku.ra.i.
個性灰暗

軽い
かる
ka.ru.i.
很輕薄

怒りっぽい
おこ
o.ko.ri.ppo.i.
愛生氣

面白い
おもしろ
o.mo.shi.ro.i.
很有趣

ずるい
zu.ru.i.
很狡猾

几帳面だ
きちょうめん
ki.cho.u.me.n.da.
愛乾淨、細心

短気だ
たんき
ta.n.ki.da.
沒耐性愛生氣

冷たい
つめ
tsu.me.ta.i.
冷淡

負けず嫌い
ま　　ぎら
ma.ke.zu.gi.ra.i.
好勝

わがまま
wa.ga.ma.ma.
任性

しつこい
shi.tsu.ko.i.
煩人

きちんとしている
ki.chi.n.to./shi.te.i.ru.
一絲不苟

しっかりしている
shi.kka.ri./shi.te.i.ru.

很謹慎

<ruby>無<rt>む</rt>責<rt>せき</rt>任<rt>にん</rt></ruby>
無責任
mu.se.ki.ni.n.

沒有責任感

アニメーション
a.ni.me.e.sho.n.　　　　　　　　　　動畫

動画
どうが
do.u.ga.　　　　　　　　　　　　　　動畫

テレビアニメ
te.re.bi.a.ni.me.　　　　　　　　　電視卡通

アニメ映画
えいが
a.ni.me.e.i.ga.　　　　　　　　　　動畫電影

アニソン
a.ni.so.n.　　　　　　　　　　　　動畫歌曲

主題歌
しゅだいか
shu.da.i.ka.　　　　　　　　　　　　主題曲

声優
せいゆう
se.i.yu.u.　　　　　　　　　　　　　配音員

フィギュア
fi.gyu.a.　　　　　　　　　　　人偶

キャラクターグッズ
kya.ra.ku.ta.a.gu.zzu.　　　　週邊商品

おたく
o.ta.ku.　　　　　　　　　　　御宅族

コスプレ
ko.su.pu.re.　　　　　　　　　角色扮演

4 コマ漫画
よん　　　　まんが
yo.n./ko.ma./ma.n.ga.

四格漫畫

- -

アメリカンコミック
a.me.ri.ka.n./ko.mi.kku.

美國漫畫

- -

イラストレーション
i.ra.su.to.re.e.sho.n.

插畫

- -

オンラインコミック
o.n.ra.i.n./ko.mi.kku.

線上漫畫

- -

描き方
か　　かた
ka.ki.ka.ta.

書法

- -

作品
さくひん
sa.ku.hi.n.

作品

- -

漫画家
まん が か
ma.n.ga.ka.

漫畫家

ゲーム
ge.e.mu.　　　　　　　　　　　　　遊戲

卓上ゲーム
ta.ku.jo.u.ge.e.mu.　　　　　　　　卓上遊戲

カードゲーム
ka.a.do.ge.e.mu.　　　　　　　　　卡片類遊戲

ダイスゲーム
da.i.su.ge.e.mu.　　　　　　　　　骰子遊戲

ドミノゲーム
do.mi.no.ge.e.mu.　　　　　　　　骨牌遊戲

推理ゲーム
su.i.ri.ge.e.mu.　　　　　　　　　推理遊戲

コンピュータゲーム
ko.n.pyu.u.ta.ge.e.mu.　　　　　　電腦遊戲

オンラインゲーム
o.n.ra.i.n.ge.e.mu.　　　　　　　線上遊戲

デザインゲーム
de.za.i.n.ge.e.mu.　　　　　　　設計遊戲

シミュレーション
shi.myu.re.e.sho.n.　　　　　　　虛擬遊戲

ビジネスゲーム
bi.ji.ne.su.ge.e.mu.　　　　　　　經營類遊戲

ロールプレイングゲーム
ro.o.ru.pu.re.i.n.ge.e.mu.　　角色扮演遊戲、RPG

けいたいでんわ
携帯電話ゲーム
ke.i.ta.i.de.n.wa.ge.e.mu.　　　　　手機遊戲

ゲームアプリ
ge.e.mu.a.pu.ri.　　　　　　　遊戲app

國名地名

CHAPTER. 12

日本主要城市

北海道地方
ほっかいどうちほう
北海道地方
ho.kka.i.do.u.chi.ho.u.　　　北海道地區

北海道
ほっかいどう
北海道
ho.kka.i.do.u.　　　北海道

東北地方
とうほくちほう
東北地方
to.u.ho.ku.chi.ho.u.　　　東北地區

青森県
あおもりけん
青森県
a.o.mo.ri.ke.n.　　　青森縣

岩手県
いわてけん
岩手県
i.wa.te.ke.n.　　　岩手縣

宮城県
みやぎけん
宮城県
mi.ya.gi.ke.n.　　　宮城縣

秋田県
あきたけん
秋田県
a.ki.da.ke.n.　　　秋田縣

<ruby>山形県<rt>やまがたけん</rt></ruby>

山形県
ya.ma.ga.ta.ke.n.

山形縣

- -

福島県
fu.ku.shi.ma.ke.n.

福島縣

- -

関東地方
ka.n.to.u.chi.ho.u.

關東地區

- -

茨城県
i.ba.ra.ki.ke.n.

茨城縣

- -

栃木県
to.chi.gi.ke.n.

栃木縣

- -

群馬県
gu.n.ma.ke.n.

群馬縣

- -

埼玉県
sa.i.ta.ma.ke.n.

埼玉縣

- -

千葉県
chi.ba.ke.n.

千葉縣

とうきょうと
東京都
to.u.kyo.u.to.

東京都

かながわけん
神奈川県
ka.na.ga.wa.ke.n.

神奈川縣

ちゅうぶちほう
中部地方
chu.u.bu.chi.ho.u.

中部地區

にいがたけん
新潟県
ni.i.ga.ta.ke.n.

新潟縣

とやまけん
富山県
to.ya.ma.ke.n.

富山縣

いしかわけん
石川県
i.shi.ka.wa.ke.n.

石川縣

ふくいけん
福井県
fu.ku.i.ke.n.

福井縣

やまなしけん
山梨県
ya.ma.na.shi.ke.n.

山梨縣

なかのけん
長野県
na.ga.no.ke.n.

長野縣

ぎふけん
岐阜県
gi.fu.ke.n.

岐阜縣

しずおかけん
静岡県
shi.zu.o.ke.ke.n.

靜岡縣

あいちけん
愛知県
a.i.chi.ke.n.

愛知縣

きんきちほう
近畿地方
ki.n.ki.chi.ho.u.

近畿地區

みえけん
三重県
mi.e.ke.n.

三重縣

しがけん
滋賀県
shi.ga.ke.n.

滋賀縣

きょうとふ
京都府
kyo.u.to.fu.

京都府

大阪府
おおさかふ
o.o.sa.ka.fu.

大阪府

兵庫県
ひょうごけん
hyo.u.go.ke.n.

兵庫縣

奈良県
ならけん
na.ra.ke.n.

奈良縣

和歌山県
わかやまけん
wa.ka.ya.ma.ke.n.

和歌山縣

中 国 地方
ちゅうごくちほう
chu.u.go.ku.chi.ho.u.

中國地區

鳥 取 県
とっとりけん
to.tto.ri.ke.n.

鳥取縣

島根県
しまねけん
shi.ma.ne.ke.n.

島根縣

岡 山 県
おかやまけん
o.ka.ya.ma.ke.n.

岡山縣

広島県
ひろしまけん
hi.ro.shi.ma.ke.n.　　　　　　　廣島縣

山口県
やまぐちけん
ya.ma.gu.chi.ke.n.　　　　　　　山口縣

四国地方
しこくちほう
shi.ko.ku.chi.ho.u.　　　　　　　四國地區

徳島県
とくしまけん
to.ku.sh.ma.ke.n.　　　　　　　德島縣

香川県
かがわけん
ka.ga.wa.ke.n.　　　　　　　　香川縣

愛媛県
えひめけん
e.hi.me.ke.n.　　　　　　　　愛媛縣

高知県
こうちけん
ko.u.chi.ke.n.　　　　　　　　高知縣

九州地方
きゅうしゅうちほう
kyu.u.shu.u.chi.ho.u.　　　　　　九州地區

福岡県
ふくおかけん
fu.ku.o.ka.ke.n.

福岡縣

佐賀県
さがけん
sa.ga.ke.n.

佐賀縣

長崎県
ながさきけん
na.ga.sa.ki.ke.n.

長崎縣

熊本県
くまもとけん
ku.ma.mo.to.ke.n.

熊本縣

大分県
おおいたけん
oo.i.ta.ke.n.

大分縣

宮崎県
みやざきけん
mi.ya.za.ki.ke.n.

宮崎縣

鹿児島県
かごしまけん
ka.go.shi.ma.ke.n.

鹿兒島縣

沖縄地方
おきなわちほう
o.ki.na.wa.chi.ho.u.

沖繩地區

沖縄県

o.ki.na.wa.ke.n.　　　　　　　　　沖繩縣

アメリカ合衆国
<ruby>合衆国<rt>がっしゅうこく</rt></ruby>
a.me.ri.ka.ka.sshu.u.ko.ku.

美國

オーストラリア
o.o.su.to.ra.ri.a.

澳大利亞

オーストリア
o.o.su.to.ri.a.

奧地利

ベルギー
be.ru.gi.i.

比利時

ブータン
bu.u.ta.n.

不丹

ブラジル
bu.ra.ji.ru.

巴西

カナダ
ka.na.da.

加拿大

ちゅうごく
中 国
chu.u.go.ku.   中華人民共和國

きょうわこく
チェコ共和国
che.ko.kyo.u.wa.ko.ku.   捷克

デンマーク
de.n.ma.a.ku.   丹麥

エジプト
e.ji.pu.to.   埃及

フィンランド
fi.n.ra.n.do.   芬蘭

フランス
fu.ra.n.su.   法國

ドイツ
do.i.tsu.   德國

ギリシャ
gi.ri.sha.   希臘

インド
i.n.do.
印度

インドネシア
i.n.do.ne.sh.a.
印尼

イラン
i.ra.n.
伊朗

イラク
i.ra.ku.
伊拉克

アイルランド
a.i.ru.ra.n.do.
愛爾蘭

イスラエル
i.su.ra.e.ru.
以色列

イタリア
i.ta.ri.a.
義大利

にほん
日本
ni.ho.n.
日本

きたちょうせん
北 朝 鮮
ki.ta.cho.u.se.n.

北韓

かんこく
韓 国
ka.n.ko.ku.

韓國

マレーシア
ma.re.e.shi.a.

馬來西亞

メキシコ
me.ki.shi.ko.

墨西哥

ミャンマー
mya.n.ma.a.

緬甸

オランダ
o.ra.n.da.

荷蘭

ニュージーランド
nyu.u.ji.i.ra.n.do.

紐西蘭

ノルウェー
no.ru.we.e.

挪威

パラオ
ba.ra.o. 帛琉

ペルー
pe.ru.u. 秘魯

フィリピン
fi.ri.pi.n. 菲律賓

ポーランド
po.o.ra.n.do. 波蘭

ポルトガル
po.ru.to.ga.ru. 葡萄牙

ロシア
ro.shi.a. 俄羅斯

シンガポール
shi.n.ga.po.o.ru. 新加坡

南 アフリカ共和国
mi.na.mi.a.fu.ri.ka.kyo.u.wa.ko.ku. 南非

スペイン
su.pe.i.n.

西班牙

スウェーデン
su.we.e.de.n.

瑞典

スイス
su.i.su.

瑞士

台湾
たいわん
ta.i.wa.n.

臺灣

タイ
ta.i.

泰國

トルコ
to.ru.ko.

土耳其

イギリス
i.gi.ri.su.

英國

ベトナム
be.to.na.mu.

越南

日檢單字+文法一本搞定
N3 (50開)

日檢N3必備文法+單字一本搞定

小小一本 大大好用

掌握日檢N3 從單字和文法下手

用最輕鬆的方式準備日本語能力試驗

日檢單字+文法一本搞定
N2 (50開)

日檢N2必備文法+單字一本搞定

小小一本 大大好用

掌握日檢N2 從單字和文法下手

用最輕鬆的方式準備日本語能力試驗

日檢單字+文法一本搞定
N1 (50開)

日檢N1必備文法+單字一本搞定

小小一本 大大好用

掌握日檢N1 從單字和文法下手

用最輕鬆的方式準備日本語能力試驗

永續圖書
線上購物網

www.foreverbooks.com.tw

◆ 加入會員即享活動及會員折扣。

◆ 每月均有優惠活動，期期不同。

◆ 新加入會員三天內訂購書籍不限本數金額，
   即贈送精選書籍一本。（依網站標示為主）

專業圖書發行、書局經銷、圖書出版

永續圖書總代理：
五觀藝術出版社、培育文化、棋茵出版社、達觀出版社、
可道書坊、白橡文化、大拓文化、讀品文化、雅典文化、
知音人文化、手藝家出版社、璞珅文化、智學堂文化、語
言鳥文化

活動期內，永續圖書將保留變更或終止該活動之權利及最終決定權。

終極日文單字1000 / 雅典日研所編著. -- 初版.
-- 新北市：雅典文化, 民101.06
面；　公分. -- (全民學日語；18)
ISBN 978-986-6282-61-4(平裝附光碟片)

1.日語 2.詞彙
803.12　　　　　　　　　　　101006598

全民學日語：18

終極日文單字1000

企　　編｜雅典日研所編著
出 版 者｜雅典文化事業有限公司
登 記 證｜局版北市業字第五七〇號
執行編輯｜許惠萍
美術編輯｜林子凌
編 輯 部｜22103　新北市汐止區大同路三段194號9樓之1
　　　　　TEL／(02)86473663
　　　　　FAX／(02)86473660

法律顧問｜方圓法律事業　涂成樞律師
總 經 銷｜永續圖書有限公司
　　　　　22103　新北市汐止區大同路三段194號9樓之1
　　　　　E-mail：yungjiuh@ms45.hinet.net
　　　　　網站：www.foreverbooks.com.tw
　　　　　郵撥：18669219
　　　　　TEL／(02)86473663
　　　　　FAX／(02)86473660
CVS代理｜美璟文化有限公司
　　　　　TEL／(02)27239968
　　　　　FAX／(02)27239968

出 版 日｜2012 年 06 月

雅典文化 讀者回函卡

謝謝您購買本書。

為加強對讀者的服務,請詳細填寫本卡,寄回**雅典文化**;並請務必留下您的E-mail帳號,我們會主動將最近"好康"的促銷活動告訴您,保證值回票價。

書　　名:終極日文單字1000

購買書店:＿＿＿＿＿市/縣＿＿＿＿＿＿＿＿＿書店

姓　　名:＿＿＿＿＿＿＿　生　日:＿＿年＿＿月＿＿日

身分證字號:＿＿＿＿＿＿＿＿＿＿＿＿＿

電　　話:(私)＿＿＿＿(公)＿＿＿＿(手機)＿＿＿＿

地　　址:□□□□□＿＿＿＿＿＿＿＿＿＿＿

E－mail:＿＿＿＿＿＿＿＿＿＿＿＿＿

年　　齡:□20歲以下　□21歲～30歲　□31歲～40歲
　　　　　□41歲～50歲　□51歲以上

性　　別:□男　□女　婚姻:□單身　□已婚

職　　業:□學生　□大眾傳播　□自由業　□資訊業
　　　　　□金融業　□銷售業　□服務業　□教職
　　　　　□軍警　□製造業　□公職　□其他

教育程度:□國中以下(含國中)　□高中以下
　　　　　□大專　□研究所以上

職 位 別:□在學中　□負責人　□高階主管　□中級主管
　　　　　□一般職員　□專業人員

職 務 別:□學生　□管理　□行銷　□創意　□人事、行政
　　　　　□財務、法務　□生產　□工程　□其他＿＿＿

您從何得知本書消息?
□逛書店　□報紙廣告　□親友介紹
□出版書訊　□廣告信函　□廣播節目
□電視節目　□銷售人員推薦
□其他＿＿＿＿＿＿＿＿＿＿＿

您通常以何種方式購書?
□逛書店　□劃撥郵購　□電話訂購　□傳真訂購　□信用卡
□團體訂購　□網路書店　□DM　□其他＿＿＿＿

看完本書後,您喜歡本書的理由?
□內容符合期待　□文筆流暢　□具實用性　□插圖生動
□版面、字體安排適當　□內容充實
□其他＿＿＿＿＿＿＿＿＿＿＿

看完本書後,您不喜歡本書的理由?
□內容不符合期待　□文筆欠佳　□內容平平
□版面、圖片、字體不適合閱讀　□觀念保守
□其他＿＿＿＿＿＿＿＿＿＿＿

您的建議:
＿＿＿＿＿＿＿＿＿＿＿＿＿＿＿＿＿＿＿